WIZARD OF THE TOWER

塔の魔導師

～底辺魔導師から始める資本論～

JN130775

Author
瀬戸夏樹
Natsuki Seto

TOブックス

WIZARD OF THE TOWER

Illust ＊ Garuku
Design ＊ BEE-PEE

◆ CONTENTS

1. 石像と少女

魔導師の街・グィンガルドは、今日も大勢の人で賑《にぎ》わっていた。

港へと伸びる大通りには様々な身分や職業の人々が行き交い、その広い道路を溢《あふ》れんばかりに埋め尽くしている。

彼らは皆、魔導師達の作った珍しい品物を交易するために、世界各国からグィンガルドに訪れているのだ。

人々は皆先を争うようにして、一分一秒でも速く塔にたどり着こうと足を運んでいる。

かくもせわしなく人々が先を急ぐグィンガルドの大通りだが、途中の閑散《かんさん》とした脇道に留まって微動《びどう》だにしない少女がいた。

彼女は大通りの喧騒《けんそう》を気にすることもなく、とある魔導師をかたどった石像に対して一心に祈りを捧げている。

グィンガルドに来たばかりの少年リンは、先ほどからずっとこの少女に見惚《みほ》れていた。

(不思議な子だな)

リンは少女に見惚れながらも、頭のどこか醒めた部分で彼女のことを観察していた。彼女はフード付きの白いローブを着ており、手には長い木製の杖を持っている。

その出で立ちから、彼女はこれからリンが向かうことになる魔導師の塔の住人にちがいなかった。

リンが惹《ひ》かれたのは彼女の風貌だけではない。その雰囲気にも心惹かれるものがあった。大通りに比べると少しはマシだが、ここにいても、通りの人の多さ、騒がしい声、せかせかと動く様子は否応なく伝わってくる。雑踏《ざっとう》の音はしきりにリンの心を急き立てて、落ち着きを奪おうとする。しかし、彼女は通りの喧騒を気にすることなく、目をつぶり胸に手を当てて祈りを捧げ続けている。この騒がしさの中にあって、彼女の周囲だけはとても静かでゆったりと時間が流れているような気がした。魔導師の不思議な力が働いているのかもしれない。

そう思わせるほど彼女は静謐《せいひつ》な雰囲気を湛《たた》えていた。彼女はまるで森の奥に潜む湖のように静かだった。リンはいつまでも彼女のことを見続けていたいと思った。

しかし少女の祈りは唐突に終わる。彼女は自分を見つめる視線に気づいてリンの方を向いた。二人の目が合う。

「こんにちは」

沈黙に耐えかねてリンが挨拶すると、少女はマジマジと彼のことを見つめてくる。リンは話しかけたことを後悔した。彼女の格好は魔導師でないとしても神官か聖職者か、いずれにしても高貴な身分の人間に見えた。一方でリンの服装はクタクタのシャツとズボンのみ。身分が違うのは明らかだった。

しかし、彼女はリンの気後れをよそに「こんにちは」と挨拶を返してくれる。

リンはホッとした。

リンの故郷では、あまり身分の違いを意識しなくても済んだため、リンには誰にでもついつい気安く話しかけるクセがあった。

そのことで彼は師匠によく怒られた。

リンの師匠は身分に厳しい人だった。

まだ、この街の身分制度についてはよくわからなかったので、また軽率なことをしてしまったのかと思ったが、どうやら今回は問題ないようだ。

「あの、この石像の人はやっぱり立派な魔導師様なのでしょうか？」

何を話せばいいのか分からなかったリンは、とっさに先ほど少女が祈りを捧げていた石像に話題を移した。

実際、立派な石像だった。

筋骨隆々《きんこつりゅうりゅう》のがっしりとした体つきの中年男性で、マントを羽織《はお》り、片手には杖を捧げ、もう片方の手は虚空《こくう》に手掲げられている。

厳《いか》めしい顔で何か呪文を唱えており、いかにも堂々とした威容だった。

少女の顔にみるみるうちに驚きが広がっていく。信じられないとでも言いたげだった。

リンはまた緊張してきた。

自分は何かおかしな事を言ってしまったのだろうか。

「ガエリアスを知らないなんて！　あなた最近グィンガルドに来た人？」

「ええ、まあ」

（知っていなくちゃいけないことだったのかな）

リンは自分の無教養を晒《さら》してしまったような気がして恥ずかしくなってきた。知らない街で知らない女性と話して、ただでさえ緊張しているのに、ますます緊張してくる。

「大魔導師ガエリアス・クラストよ。あの塔を建てた人」

「あの塔を……」

リンは石像のはるか後方に聳《そび》え立つ塔を見上げる。

魔法都市グィンガルドの中枢であり、象徴でもあるガエリアスの塔。これからリンが見習い魔導師として住み込む場所でもある。

塔は要塞《ようさい》のようにも見えるし、お城のようにも工場のようにも見える。

実際、その全てだった。

ガエリアスの塔は魔導師が修行するだけの施設ではない。

魔導と魔導具に関する研究、教育、軍事、貿易、生産などを担う複合施設である。

この塔で生産された魔道具は世界各国に輸出され、塔から派遣された魔導師の軍隊は世界各地を転戦している。

魔導が支配するこの世界においては世界の中心といってもいい。

塔は何層にも渡って高く積み重ねられており、雲の上まで突き抜けている。

その壁面も様々で、石造りから岩盤《がんばん》がむき出しになっている部分、滑《なめ》らかな大理石が輝く部分、あるいは鉄板によって無理矢理舗装された部分まである。

数十もの大きな穴が空いている部分は軍港だ。あそこから世界各地に派遣される魔導師の軍隊を乗せた軍船が出航するのだ。塔の壁面には、衣服のツギハギのような補修跡が見られ、何度も増改築されたことがうかがえる。

壁面の隙間隙間からは大砲や橋梁《きょうりょう》、鉄骨、あるいは大樹が伸びている部分もある。

この増改築は現在でも続いており、中に住み込む魔導師が変わるごとに塔はその姿を変えていく。

「塔を建てただけじゃないわ。様々な魔法の基礎理論を編み出した魔導師の父とでもいうべき存在。あなたもここで学ぶなら覚えておいたほうがいいわよ」

「君は……祈りを捧げていたように見えたけれど……」

「ええ、願い事してたの。私、彼のようになりたくて」

「彼っていうと……ガエリアスに？」

「そう、塔の頂上を目指しているの」

彼女は天空に向かって指差す。

リンは彼女の指先にある塔の頂上を見てみようとした。

しかし塔の頂点は分厚い雲に遮《さえぎ》られていて見ることができない。

あの雲を越えた先に住めるのは、魔導師の中でも選ばれた者だけだとリンは聞いていた。

ただでさえ身につけるのが難しい魔法。塔の頂上までたどり着くのに、果たしてどれだけの魔法が必要なのだろうか。

リンには途方もないことのように思えた。

2. 塔の迷宮

「もう行かなきゃ」

白いローブの少女は時計台を見てそう呟いた。

「私、アトレアっていうの。あなたは？」

「……リン」

「リンね。よろしく。次は塔の中で会えるといいわね」

そう言い残して、アトレアは雑踏の中に消えていく。

アトレアがいなくなると、入れ違うようにしてリンをこの街に連れて来た魔導師・ユインが彼を迎えに来た。

「リン。待たせたね。馬車を調達してきた。ここからはあれに乗って塔まで行こう」

リンがユインの指し示すほうを見ると、通りの脇に馬車が一両停まっている。

リンはそれを見てユインと初めて出会った時のことを思い出す。あの時も彼はこのような馬車に乗っていた。

グィンガルドに来る以前、リンはミルン領のケアレという、のどかだが何もない土地で奴隷として農作業に従事していた。

ある日、ケアレを訪れた魔導師ユインによって才能を見出され、グィンガルドの学院に入学するよう勧められる。

「君には魔導師の才能がある」

ユインは会ったばかりのリンに対してそう告げた。

「私と共にグィンガルドに来ないか？　塔の学院で魔導師になるための修行が積めるよ」

リンはこの誘いに二つ返事で乗った。

ケアレのことが嫌いなわけではなかったが、ここ以外のどこかへ行きたかった。

話はあっさりと進んだ。ミルンの領主もちょうど口減らしをしたいところだったのだ。リンは二束三文で売り渡された。ケアレにリンとの別れを惜《お》しむものは一人もいなかった。

リンはユインに連れられて山を越え、川を渡り、数多の街を巡ってグィンガルドにたどり着いた。危険なはずの旅だったが、途中で苦難に遭遇することはなかった。

ユインによると、偉大な魔法の加護によって、魔導師は世界のどこに行くにしても安全に旅できるのだそうだ。

そして今、リンはグィンガルドにいる。

リンは馬車に揺られながら塔までの道を進んでいた。リンとユインを乗せた馬車は渋滞に手こずっている他の馬車をよそに大通りを難なく進んでいく。これも魔法の力が働いているためかもしれない。

大通りの街並みからは常に目新しいものが飛び込んでくる。見たことのない品物、得体の知れない店、珍しい生き物……。

リンはそれらが視界に入ってくるたびに目移りしてしまうものの、頭のどこかでは先ほど出会った少女、アトレアのことを考えていた。

「リン。あんまりキョロキョロするな。みっともないよ」

ユインがたしなめるように言った。

「あ、すみません。……あの、師匠」

「なんだい？」

リンはユインのことを師匠と呼んでいた。

塔の学院に入学するにはいくつかのルートがあり、高位魔導師からの推薦による入学がその一つだ。

推薦入学の場合、推薦者と入学者は師弟関係となる決まりだった。

そのため、ユインの推薦によって入学するリンも、ユインのことを師匠として仰ぐように言われていた。

「これから僕は試験を受けるんですよね」

「ああ、私の推薦だけでは入学できない。試験で資質を証明しなければならないのだ」

「大丈夫なのでしょうか？　魔導師の試験って難しいんじゃ……」

リンは不安だった。

先ほどのアトレアとの会話以来、街の誰もが知っている常識も備えていないことに気づいた。

まだこの街に来て一日も経っていないのだから当然だが、そんなことで果たして試験に受かるのだろうか。

ユインは何も教えてくれなかった。

魔法についても、試験についても、学院のことについても……。

師匠とは名ばかりで、ユインは本当にただリンをこの街に連れて来ただけだった。

「大丈夫だよ。君に資質があれば受かるはずだ」

「試験というのはどういうものなんでしょうか？」

「実際に受けてみれば分かる」

ユインは会話を切るように素っ気なく言った。

ずっとこの調子だった。

「あの、師匠は塔の頂上には行ったことがあるんですか」

「頂上？」

「はい。さっき広場で魔導師らしき女の子と話していて。彼女が言っていたんです。塔の頂点を目指してるって」

「リン。滅多なことを言うもんじゃない」

ユインは呆《あき》れたように溜息《ためいき》をついて言った。

「いいかね。塔には世界中から魔導師が集まり、技を磨いて互いにしのぎを削っている。実力者はより上層に住むことができる一方で、無能者は下層に住むことを強いられる。塔の頂上にたどり着けるのは類い稀《まれ》な才能に恵まれ、血の滲《にじ》むような努力をした者だけ。まさしく選ばれし存在なのだよ。雲の上千階層に住む『天空の住人』になれるのは、ほんの一握りの者。文字通り雲の上の存在というわけだ。君の才能では百階層、『雛鳥の巣』にさえ辿り着けないかもしれん」

「師匠は何階まで到達したんですか」

そう聞くとユインは不機嫌そうに顔をしかめる。

「……君には関係のないことだよ」

ユインはいかにも面白くなさそうに言った。

「君が話したという少女。どうせそいつもつまらぬ身分の者に違いない。塔の頂上を目指すなんて……。君はそういう戯言《ざれごと》に耳を傾けてはいけないよ」

そう言うと、ユインはそっぽを向いて黙り込んでしまった。

リンはユインに対してちょっとした反感を持った。

彼にはアトレアがつまらぬ身分の者とは思えなかった。

彼女は、少なくともユインよりは小綺麗な身なりをしていた。

ユインの格好もそれなりに立派だったが、履《は》いている靴にはもう随分年季が入っている。

ユインは馬車を塔の少し手前で停める。そこから二人は塔の入り口まで歩いた。

塔に着く頃には、すでに夕暮れを迎えていた。

改めて近くで見て、リンは塔の巨大さに圧倒された。遠くから見ると円錐《えんすい》形だったはずの塔だが、目の前で見ると壁が立ち塞《ふさ》がっているようにしか見えない。首を限界まで曲げてもその最上階を見ることはできず、左右でさえも地平線まで続いているように見える。

塔には、その外周に沿ってアーチ状の入り口が無数に設置されている。

アーチの大きさは様々で、人一人がやっと通れるものから、馬車や大きな荷物を搬入《はんにゅう》できるほどのものまである。

それぞれの入口の人出も様々だった。誰も入らない入口もあれば、順番待ちで長い列を作っている入口もある。

ユインは塔の外周に沿ってしばらく歩いた後、人気のない一つのアーチの前で止まった。

「ここから入ろう」

リンはアーチの内部に目を凝らしてみた。

奥に向かって通路が伸びており、内部は暗くてよく見えない。

アーチの上部にはプレートが掲げられ、文字で何か書かれている。

しかしリンには読めない文字だった。

「これは『受験者用入口』という意味だ」

リンが疑問を口にする前にユインが答えた。

「さ、早く入りなさい」

ユインに背中を押され、リンはおずおずと内部の暗闇に足を踏み入れる。

外からは真っ暗に見えた通路だが、実際に入ってみるとそれほど暗くはなかった。明るくもないが暗くもない、不思議な光加減だった。

通路を真っ直ぐ進むと、すぐに行き止まりに突き当たる。

そこには鉄柵によって囲まれた檻のような空間があるのみだった。

リンが戸惑っていると、ユインは鉄柵の扉を開け檻の中に入り込む。

リンも入るとユインは扉を閉め、「九十九階、試験の間へ」と唱えた。

するとガクンと地面が揺れて、リンとユインを入れた檻は斜め上に上昇し始めた。

「これは……浮いている？」

「エレベーターというんだ。魔法の力で動いてるんだよ」

リンは感嘆の声を上げた。

エレベーターは右に行ったかと思えば左に行き、上昇したかと思えば下降する。たちまちリンは自分がどのくらいの高さにいるのか、どちらの方角を向いているのか分からなくなってしまった。

「まるで迷路だ！」

「その通り。この塔の内部にはエレベーターの通路が張り巡らされており、動物の血管のような役割を果たしている。エレベーターは正しい呪文を唱えなければ動かない。塔のより上層に行くためにはさらに高度な魔法が必要になる。この塔が難攻不落と言われる所以《ゆえん》だ。魔法を使えない無能な人間では移動すらままならないというわけだよ」

ユインは声に優越感を滲ませながら言った。

彼は唇を歪《ゆが》ませて愉悦《ゆえつ》の表情を見せる。

「どうかね？　リン君」

ユインは塔の威容を誇示するように腕を広げて見せる。

「これでもまだ塔の頂点を目指すなどと言うのかね。なんの魔法も使えない君が！」

ユインは嘲《あざけ》るような笑みを浮かべながら、リンを見下して言った。

リンはただ無言で顔を赤くし、俯《うつむ》くことしかできなかった。

（下手なことを言わなければよかったな）

リンは自分がしがない奴隷階級に過ぎないことを思い出した。魔導師になろうとすることさえ大それた考えなのだ。

初めて魔導師の街を訪れて感じた高揚感は、早くも苦いものに変わろうとしていた。

リンはユインの言う通り、アトレアとした会話を頭の中から追い払うことにした。

二人を乗せた檻は暗く曲がりくねった通路をひたすら進んでいく。

3.　奇妙な面接

九十九階に着くと、ユインは懐《ふところ》から書状を取り出してリンに渡した。

「これは推薦状だ。試験官に渡しなさい」

ユインはリンだけ降ろして、自身はエレベーター内に残った。

「あそこが試験会場だ」

ユインが廊下の先にある扉を指差す。

「扉をくぐれば試験官が待っている。私の付き添いはここまでだ。ここから先は一人で行きなさい。では、健闘を祈っているよ」


試験会場は薄暗い、しかし広々とした部屋だった。

部屋の中には椅子とテーブル、そして三人の人間がいた。男が二人と女が一人。いずれも年配だった。

「そこの椅子に座りなさい」

女が部屋に置かれた椅子を指さしてリンに命じる。リンはぎこちない動作で指示された通り、椅子に腰掛けた。三人とは長机を挟んで向かい合う格好になる。

「推薦状を持っていますか?」

「はい」

リンは懐から先ほどユインに渡された推薦状を取り出す。

それを見て女が何か呪文を唱える。ヒュッという風切り音がしたかと思うと、リンの手元にあった書状はいつの間にか女の手元に移動していた。

「!」

「ふむ。確かに。これは魔導師にしか作れない書状ですね」

(今のは……魔法?)

女は残りの二人にも書状を回す。二人の男は書状を一瞥《いちべつ》して女の元に戻す。

「我々試験官は、あなたを魔導師ユインから推薦された受験生と認めましょう。まず試験を開始する前にいくつか質問をします。質問には正直に答えるように」

(やっぱりこの人達が試験官なのか)

リンは改めて試験官と名乗る三人を観察した。

リンから向かって左側に座る女性は骨ばった頬に、深い皺《しわ》、鋭い目付きをしている。真ん中に座る男はハゲ頭に豊かな白ヒゲを蓄《たくわ》えているが、目はどんよりと曇《くも》っている。右側の男はこれまたハゲ頭にシワと彫りが深く、険しい顔つきをして強面だった。

この三人に一斉にジロジロと見られてリンは緊張した。

「まず最初に。あなたには私達の話している言葉が理解できますか」

「はい。……多分」

「多分?」

「はい。皆さんの話す言葉は聞き慣れないものですが、…でも何故か理解できるのです」

このような経験は初めてではない。実のところ、ユインやアトレアの話す言語もリンにとって馴染みのないものだった。しかし何故か理解できるのだ。言葉は理解できなくても、頭の中に直接彼らの伝えたいことが伝わってくる。そんな感じだった。コミュニケーションが取れるのは魔導師だけだった。どうもこれは彼らの使う魔法の力が働いているようだった。

試験官達はリンの答えを聞いてヒソヒソと話し始めた。

ただ、彼らの話す言葉は少しノイズが混じっていて聞き取りにくかった。ユインやアトレアに比べて魔導師としての力が弱いのかもしれない。

「……最低限の資質はあるようですな」

「彼のこの言語は……トリアリア語でしょうか？」

「しかし訛《なま》りがひどい」

リンはなんとなく歓迎されていないような気がした。彼らはヒソヒソ話をしながらもリンのことをジロジロと見てくる。しかも見るのは彼の顔ではなく、それより下の服装に注がれている気がした。リンは思わず服に付いているシミを隠してしまう。

「なるほど。まあいいでしょう。では次にあなたの名前は？」

「リンと申します」

「名字は？」

「名字は……ありません」

「無い？　なぜ？」

「……孤児なので。両親がいないんです」

彼らはまたヒソヒソと話し始めた。何を言っているのかはよく聞こえなかったが、途切れ途切れに「奴隷」、「しかもあのユインの推薦だぞ……」「大丈夫なのか？」などといった言葉が聞こえてきた。

リンは居心地が悪かった。これならユインと雑談していた方がまだマシだ。この面接はいつまで続くんだろう。魔導師の学院は身分や人種に拘《こだわ》りなく才能ある生徒を受け入れてくれると聞いていたが、やはり奴隷階級では無理なのだろうか。

そう思うと暗い気分になってくる。

先ほどまで試験に向けて意気込んでいたリンだが、今は早く終わって欲しいという気持ちでいっぱいだった。

「リン君。君が話しているのはトリアリア語のようだが。君はどこの国から来たんだい？」

右側の強面のおじさんが妙に優しげに聞いてくる。

「ミルン領のケアリから来ました。国は……分かりません」

「自分の国すらわからないのか？」

「ええ。それで問題なかったので」

事実、奴隷階級だったリンは領主の名前さえ知っていればそれで事足りた。自分の国籍なんて意識したことも無い。国家の概念自体いまいちピンとこなかった。なぜそんな括《くく》りが必要なのか分からなかった。

これを聞いて試験官達はまたヒソヒソと話し始めた。

なんともいえず嫌な感じだった。リンには、彼らが自分の身分と無教養について何か言っているような気がしてならなかった。

「ミルン領？　聞いたことがないな」

「ブエン国の東の端にある領地ですね」

「僻地も僻地ですな」

リンは嫌な気分になってきた。あんまり故郷のことについて、いろいろ言われるのはいい気分がしなかった。

彼らはまたヒソヒソ話を始める。

「どう思われます？」

「奴隷というのがどうも……」

「しかし学院にも建前というものがありますし……」

「何故こんな者に才能が？」

「……とにかく試験で力を試してみるしかありませんな」

三人はしばらくヒソヒソ話を続けた後、リンの方に向き直る。

「リン君。君がどういう子かはよく分かった」

真ん中の白ヒゲおじさんがリンに語りかけてくる。

「君に異存がなければ、これから魔導師としての資質を試す試験を受けてもらうことになる。合格すれば、この塔に住居があてがわれ見習い魔導師として修行することが許される。ただ、分かっておいて欲しいんだがね。魔導師になるのは簡単なことではない。毎年、多くの者が塔にやってくるが、結局学院を卒業することすらできず、人生の貴重な時間を無駄にしていく。君も最低限の資質はあるようだが卒業できる保証はない。どうかね。それでも試験を受けるかね？」

「……はい」

リンは少し迷ったものの、はっきりと答えた。

「そうか。試験を受けるか」

白ひげの老人は心なしか、がっかりしたような表情で言った後、女性の方に向き直る。

「ではエラトス君、試験の説明をしてくれたまえ」

「はい。ではリン。貴方の手元にあるその指輪を取りなさい」

いつの間にかリンの傍《そば》には小物置きがあって、その上に指輪が置かれていた。

リンは遠慮がちに指輪を手に取って観察してみる。綺麗な指輪だった。銀色のリングに青色の宝石がはめ込まれ、何か文字が刻まれている。

「指輪を嵌《は》めなさい」

リンはおずおずと指輪を中指に嵌める。こんな高価な物を自分が身につけてもいいのだろうかと思いながら……。指輪はすっぽりとリンの指に嵌まる。まるでリンの指のサイズに合わせて作られたかのようだった。

リンの中で指輪に対する不思議な親近感が湧いた。

初めて嵌めるのに何故かずっと昔から持っていたような気さえする。

「よろしい。では試験の内容を説明しましょう」

試験官のその言葉を聞いて、リンは指輪への興味からしばし気をそらせた。

本当はもう少し指輪のことを見つめていたり、弄《もてあそ》んでいたりしたかったのだけれど、今は試験の内容の方が大事だった。

リンは試験官の説明を一言一句聞き漏《も》らさないよう、試験官の口元を固唾《かたず》をのんで見守った。

「リン、あなたには今から猛獣と闘っていただきます」

リンはポカンとした。試験官が何を言っているのか解らなかったからだ。

(猛獣と……たたかう？……僕が？……今から⁉)

「えっと、あの……」

「猛獣と闘ってもし勝てば合格。負ければ失格とします」

(負ければ失格って……失格どころか死んでしまうじゃないか！)

「あの、ちょっと……」

「では試験を始めますよ。今から猛獣をこの部屋に召喚します。数十秒後にお腹を空かせた猛獣が現れ、あなたに襲いかかるでしょう」

「ちょっと待ってください！　猛獣と闘うなんて……僕にはそんな……」

「リン。あなたに魔導師としての資質があれば合格できるはずです。では」

試験官は有無を言わさぬ調子で言った。

そして風切り音と共に試験官達、および机と椅子は忽然《こつぜん》と姿を消す。あとには床に描かれた魔法陣が残るのみだった。

直後、その魔法陣が光ったかと思うと、鋭い牙と爪、そして黄金のたてがみを生やしたライオンがリンの目の前に出現した。

4. 猛獣との戦い

リンは叫び声を上げて逃げそうになるのを必死にこらえた。以前、猟師から猛獣に背を向ければ襲い掛かられるという話を聞いていたからだ。

リンはライオンを刺激しないようにゆっくりと後退《あとずさ》りした。ライオンは緩慢《かんまん》な動きで起き上がりながら、リンを睨《にら》みつける。目は血走り、口元にはヨダレが垂れている。何日も餌《えさ》を与えられていないのは明らかだった。グルルと唸《うな》り声を上げる。

（冗談じゃない……）

リンは混乱しながらも、今自分が置かれた状況について必死に頭を巡らせる。

（一体どういうつもりなんだ、あいつらは。こんなの試験じゃなくて、ただの悪趣味な見世物じゃないか!?）

リンはこれまでの経緯について思い巡らせてみた。ひょっとして彼ら、ユインや試験官の連中は自分を魔導師にするつもりなんてないんじゃないか。

初めからおかしな話ではあった。

しがない奴隷に過ぎない自分に、いきなり見ず知らずの旅人が話しかけてきて、魔導師にならないかという話が持ちかけられるなんて。

初めから罠にはめて、塔で飼っているライオンの餌にしたいだけじゃないだろうか？

あるいは、塔の連中は引っ掛けた可哀想な子供が、猛獣によって無残に食い殺されるのを見る趣味があるのかもしれない。

（とにかく逃げなくちゃ……）

リンはまだ死にたくはなかった。もはや試験どころではない。生命の危機だった。今はとにかくライオンから逃れなければ。

飢えたライオンは、リンのことを睨みつけながらもなかなか襲ってこない。

その気になればいつでもリンの喉元に爪を立て八つ裂《ざ》きにできるはずだ。

にもかかわらず、ライオンは一向に襲ってくる気配がない。

リンから視線を外さないようにしつつも、体はリンに対して横向きにし、一定の距離を保ちながらゆっくりと足を運んでいる。

明らかにリンを獲物とみなしているにもかかわらず、妙に慎重《しんちょう》だった。

体を横に向けて円を描くようにリンの周囲をゆっくりと回っている様は、隙を見て襲いかかろうとしているようにも見えるし、あるいは、いざとなれば逃げようと準備しているようにも見える。

よく見ると猛獣はかなり衰弱していた。顔はやつれ、手足と胴体は痩せ細っている。

リンに襲いかかる体力がないのかもしれない。

あるいはリンのことを魔導師と思って恐れているのかもしれない。リンはハッとして先程嵌めた指輪を見た。指輪に嵌められた宝石は先程よりも強い輝きを発していた。リンは試みに指輪の光をライオンの方に向けて見る。ライオンはビクッと体を痙攣《けいれん》させて、後退りする。やはりライオンはこの指輪を恐れている。どうやら彼も悪辣《あくらつ》な魔導師達によって相当ひどい目にあわされてきたようだ。

リンの中で希望が湧《わ》いてきた。ライオンがこの指輪を恐れているなら、上手くすれば生き延びれるかもしれない。この指輪の使い方は分からないからライオンを倒すことはできないけれど、このままハッタリをきかせてライオンを牽制《けんせい》しながら入り口まで辿り着く。

そして入り口を出て外から鍵をかければ、この猛獣から逃げおおせる。

ここから逃げればおそらく試験は失格になるだろう。けれども今はそれどころではない。とにかく生き延びることを考えなければ。

リンはライオンに睨みを利かせながらジリジリと入り口まで後退していった。ライオンが近づき過ぎれば指輪の光を向け牽制する。ライオンは指輪の光を避け、リンから距離を取る。

こうしてしばらくの間、リンとライオンは一進一退を繰り返したが、段々ライオンが大胆に近づいてくるようになってきた。いつまでも魔法をかけてこないリンを訝《いぶか》しんでいるようだった。

リンが一歩下がったタイミングで一歩二歩三歩と詰め寄ってきた。飛びかかればその鋭い爪が届きそうな距離である。

（来るな、来ないでくれ！）

リンは心の中で必死に念じた。

さらにもう一歩ライオンが近づいて来る。

「近寄るな！」

リンは自分でも驚くような冷たい声で叫んだ。ライオンはビクッとして後ろに飛び下がる。ライオンが再び距離をとったのを見て安堵のため息をつく。背中にはじっとり汗が滲んでいた。

（後少し。後少しだ）

リンはライオンに体を向けつつ、視線だけ背後にやる。

入り口の扉は、もうすぐそこだった。リンは振り返って駆け出したいのを必死にこらえながら、ライオンとのにらめっこを続けた。

ライオンが召喚されてから、どれほどの時間が経っただろうか。

リンは猛獣とにらめっこしながら虚勢を張り続けていた。しかし、それもついに終わりが近づいていた。リンは入り口の扉に手が届く場所まで辿り着いたのだ。

（やった！）

リンは生還を確信した。取り敢えずこの扉をくぐれば通路に出られる。そこからエレベーターまではほんの少しだ。入り口の扉に鍵がかからなくても、エレベーターに乗り込めばライオンの爪と牙からは逃れられるはず。

リンは後手に扉の取っ手を握る。リンはライオンに気づかれないように、ゆっくりと扉の取っ手を回す。しかし取っ手はピクリとも動かなかった。

「そんな……」

リンは絶望にうちひしがれた。半狂乱に陥《おちい》る。

リンはライオンに背を向けて扉を叩き、叫んだ。

「誰か！　誰か助けて」

もはや緊張の糸は切れ、形振《なりふ》り構わず助けを求める。しかしリンの助けに応じる者はいなかった。

ライオンはリンのそんな様子を見てニヤリと笑った。今やリンに自分を抑えつける力がないことは明らかだった。

舌なめずりをする。久しぶりの食事だった。少しばかり痩《や》せているのは残念だが、それでも食事であることに変わりはない。これは自尊心の問題なのだ。

捕らえられて以来、魔法使いによって弄《もてあそ》ばれ続け百獣の王としてのプライドは粉々に砕かれていた。しかし今、目の前の獲物を前にして再び自分が強者であった頃のことを思い出す。また獲物の肉を爪で裂き、牙で貪《むさぼ》ることができるのだ。

ライオンは唸り声を上げた。リンがビクッとしてこちらを振り返る。その目にはハッキリと恐怖の色が浮き出ていた。今や立場は逆転したのだ。ライオンは牙を剥《む》いて、勢いよくリンに向かって飛びかかる。

その時、指輪が一際強く輝いた。指輪から発せられた光はリンの前で一筋に集まって剣となり、ライオンの頭部を貫く。

ライオンはリンに牙が届くか届かないかというところで床に崩れ落ちた。みるみるうちにライオンの周りには赤い血溜まりが広がっていく。

リンは目の前の光景を呆然《ぼうぜん》としながら見守るしかなかった。急に体の力が抜ける。リンは床に手をついた。

（なんだ……これ。体に力が入らない）

さらにリンは頭痛に襲われる。目眩《めまい》がして意識が朦朧《もうろう》としてきた。

「驚いたな。『ライジスの剣』とは」

いつの間にか傍に試験官が立っていた。

リンと床に横たわっているライオンを見下ろしている。

「『ルセンドの指輪』を使ったとはいえ、初めてでこれほどの威力はなかなか出せまい」

「資質は十分ですね」

「奴隷にしては大したものだ」

「ユイン氏は思わぬ拾い物をしましたな」

試験官達は笑っているようだった。

リンは何か喋《しゃべ》ろうとしたができなかった。どうにも体に力が入らない。

「その指輪は『ルセンドの指輪』と言ってね。持ち主に危害を加えようとする者を殺傷してしまうのだ。魔導師の資質さえあれば装備しているだけで発動する」

（発動しなかったらどうするつもりだったんだ？）

リンは抗議しようとしたが、やはり上手く声を出せなかった。全身から力が抜けて唇さえうまく動かせなかった。

「疲れただろう？　大丈夫かね？」

「ショックバック現象だ。急激に魔力を消耗《しょうもう》した際に陥る。一日もすれば回復するよ。医務室の手配を！」

「おめでとうリン君。試験は合格だ。君には塔内に居住する権利が与えられる」

「塔にようこそ。我々は君を歓迎するよ」

試験官達は以前と打って変わって親しげな態度だった。しかし口元はニヤニヤと意地悪そうに歪んでいた。彼らはリンがうずくまっているのが愉快でたまらないようだった。

リンの頭の中では今日一日にあったことが走馬灯のように駆け巡っていた。雑多な人とモノが行き交う大通り、石像の前で祈る少女、塔の中の迷路、猛獣との戦い……。

リンは思わず苦笑した。

（どうやら僕は……、とんでもない所に来てしまったみたいだ）

やがて瞼を開けることもできなくなり、リンの意識は暗闇の中に落ちてゆく。

5. ルームメイト

リンは医務室のベッドの上で目を覚ました。香薬の香りと優しい光でリンは自分がどこにいるのか分からなかった。

「あら、もう起きたの」

白衣に眼鏡をかけた女性が傍から顔をのぞかせる。

「ここは……」

「医務室よ。やっぱり若いと回復が早くていいわね」

回復と聞いて、リンは自分が猛獣と戦って意識を失ったことを思い出した。

「あの……、僕はどのくらいここで寝てたんですか」

くりぬきの窓を見るとすでに夜の帳が下りていた。塔についた時は夕暮れだったはずだ。

「小一時間程度よ。吐き気とか痛いところはない？」

女性はリンの脈拍を測りながら尋ねる。

「ええ。大丈夫です」

「そう。では退院ね」

そう言うと女性は机に向かい何か書き始める。

「もう行ってもいいわよ。外で寮長が待ってるわ。寝床まで案内してもらいなさい」

女性はもうリンには興味がないという態度で書類から目を離さず言った。

リンが部屋から出て行く際には、「もしまた気分が悪くなったらここへ来てね」と声をかけてくれた。

寮長はがっしりした体つきの背の高い中年女性だった。

「初めまして。寮長のクノールです。主に見習い魔導師の居住を世話しています。もう体は大丈夫なの?」

「はい、大丈夫です」

「そう。では、まずは今日の寝床を決めなくてはね。あなた両親からの仕送りはあるの?」

「……いえ、ありません」

「推薦してくれた師匠からは? 何か資金面で援助してくれるとか聞いてない?」

リンはユインが何か言っていただろうかと思い出してみた。特に何も言っていなかった気がするし、ユインが自分のためにわざわざ身銭を切ってくれるとは思えなかった。

「特に何も聞いてないですね」

「そう。では自分で宿代を稼ぐ必要があるわね」

「宿代が必要なんですか?」

リンはてっきり試験に合格さえすれば、塔に無料で住みこめると思っていたのだ。

「必要よ。当たり前じゃない。世の中何をするにもお金が必要だわ。あなた手持ちのお金は無いの?」

「全く無いですね」

「そう。では貸出制度を利用しなさい。見習い魔導師のために低金利で貸し付けてくれる制度があるの。それで当面の生活費は賄《まかな》えるわ」

リンは不安になってきた。お金を借りても、そのお金が尽きたらどうすればいいのだろうか？

「大丈夫よ。あなたと同じで仕送りが無く学費を自分で稼いでいる見習い魔導師は大勢いるわ。この塔には魔導師の仕事が有り余るほどあるからね。来たばかりでもすぐ仕事をもらえるわ。ただし無駄遣いはしちゃダメよ。毎年首が回らなくなって売り飛ばされる人がいるから」

クノールはリンの表情から不安を読み取ったのか、励ますように言った。

「貸出制度の手続きはこちらの方でしておきます。とりあえず仕送りがない魔導師用の一番家賃が安い部屋で登録しておくわ。それで良いわね？」

リンに選択の余地はなかった。

「はい。お願いします」

「では早速案内するわ。イレギュラーな時期の入寮だから心配だったけれど、幸いにも安い部屋であれば空いているわ。ルームシェアすることになるけれど。まあ貴方は居住環境に文句を言える立場でもないし。いいわよね」

何だかサバサバした人だな、とリンは思った。何でもかんでもさっさと決めていく。こちらが口を挟む隙もないくらいに。

後付けでどんどん条件が付け足されている気がするが、リンにはどうしようもない。

クノールは医務室の控え室から出て行こうとする。

リンも付いて行こうとした。

「ああ、そうそう言い忘れていたけれど……」

クノールは何か思い出したように立ち止まって振り返り、言った。

「試験合格おめでとう。塔へようこそ」

リンはクノールに少しだけ好感を持った。


リンはクノールに連れられ、居住区に案内された。

医務室のある区画から居住区画に行くには、またエレベーターに乗る必要があった。

クノールは居住区画に行くにはどのエレベーターに乗ればいいのか教えてくれた。

「魔法文字は読める？　まあ読めないわよね。この文字。この文字が書いてあるエレベーターに乗ればどれでも見習い魔導師の居住区、つまり、これからあなたが住み込むことになる場所に行けるわ」

クノールは自分のメモ帳を一枚ちぎってリンに渡してくれた。クノールが呪文を唱えると白紙の紙に文字が浮かび上がってくる。

「文字は数日経つと消えるから。後で他の紙にでも控えておくようにね。もっとも、これくらい読めるようにならないとここでは生活できないわよ。いずれはメモなんて無くても、どのエレベーターに乗ればいいか見分けられるようにならないとね」

「この文字は何て読むんですか？」

「『ドブネズミの巣』よ」

ひどい名前だな、とリンは思った。

「居住区に行くにはこう唱えるのよ。『ドブネズミの巣、三十階へ』。試しに唱えてみる？」

「僕にできるんですか？」

「出来るはずよ。魔法語は理解できるんでしょう？　指輪を使った時の感覚を思い出しながらやってみなさい」

リンはドキドキした。こんなに早く魔法が使えるとは。リンはクノールの真似をして唱えてみた。

しかし、うまく発音することができなかった。

「練習が必要ね。まあたくさん練習しなさい」

結局呪文はクノールが唱えてエレベーターは動き出す。

「魔法文字は大切よ。これがないと、ここでは何一つできやしないわ。早く覚えるようにね。学院の入学試験にも受からないわ」

「入学試験？　まだ試験があるんですか？」

てっきり先ほどの試験が学院の入学試験も兼ねていると思っていたのだ。

「そりゃそうよ。学院の授業はすべて魔法語で行われるのよ。あなたのようにいくら資質があっても魔法語を解さない者を学院に入れるわけにはいかないわ。あなたが合格したのは実技試験よ。学院に入るには実技試験の他に筆記試験にも合格しなきゃいけないわ。本来は同時に受けるはずなんだけれどね。あなたの師匠か、あるいは試験官があなたはどうせ受からないと踏んで実技試験だけにしたのね」

「……筆記試験」

「一部の貴族の子達はね。この塔に来る前にある程度魔法語を勉強してるから、入学試験も同時にパスするんだけれど。あなたのような子は独学で試験に合格するしかないわね。しかもあなたは遅れてるからね。たくさん勉強しなくちゃダメよ」

リンはげんなりした。自国語でさえ少ししか読み書きできないというのに。新しい言語なんて覚えることができるのだろうか
「入学試験だからと言ってバカにしないことね。結構な難関よ。一生受からない人もいるくらいだから。それに学費。学費も自分で稼がなくてはいけないわ。ある程度は補助金が出るけど、それも成績優秀者だけね」


三十階・ドブネズミの巣はその名の通り薄暗い場所だった。

リンはクノールの後について暗く細長い廊下を歩いていく。

一定の間隔で扉が配置されている。この部屋一つ一つに見習い魔導師が住んでいるということだ。

リンは少しホッとした。いったいどんなニワトリ小屋に寝かされるのかと心配していたが、これなら以前自分が住んでいた奴隷用の小屋よりよっぽど良さそうだった。リンの寝ていた場所にはまともな扉すらなかったのだから。

「ここね」

クノールはとある一室の前で立ち止まった。ドアをノックする。しかし反応はない。クノールはすごい勢いでドアをガンガン叩きだした。リンはギョッとする。

「テオ！　もう寝たの？　ちょっと起きてくれる？　テオ！」

少ししてドアが勢いよく開き、ツンツン髪のヤンチャそうな少年が出てきた。

「うっせーな。何時だと思ってんだよ」

どうやら眠っていたようだ。テオと呼ばれた少年は目をこすっている。

「クノールかよ。なんなんだよ、こんな時間に。……そいつは？」

テオはリンに気づいて眠気まなこを向ける。

「新しく見習い魔導師になったリンよ。突然だけどこの部屋に住むことになったから。まだ来たばかりで何も知らないから色々教えてあげてね」

「新しい見習い魔導師？　こんな時期に？」

テオは胡散《うさん》臭そうにリンのことをジロジロ見る。

「まあ時々あることね。同年代で同じトリアリア語圏だから仲良くできるでしょ。ついでに言うとあなたと同じで親からの仕送りもない子よ。じゃあ後はよろしく」

それだけ言うとクノールはさっさと立ち去ってしまう。

「ったく、あのババア。面倒ごと押し付けやがって。こっちは明日の朝早いってのに」

テオはブツブツ言いながらリンを部屋に招き入れる。

（ずいぶん口の悪い子だな）

部屋の中にはベッドが二つ、それに本棚とクローゼットが一つずつあるだけだった。

「こっちは俺のベッド。お前のベッドはそっちな」

リンは自分のベッドと言われた方を見てみる。そこには本やら服、紙、インクやらが雑然と積みあげられていた。

片付けるのは少し手間がかかりそうだった。

「お前、リンって言ったっけ？　どっから来たの？」

「ケアレ」

「ケアレ？　聞いたことねーな。待ってな。すぐベッドの上、片付けるから」

「いいよ。明日の朝早いんだろ。僕は別に床でも寝れるし」

「魔法を使えば一瞬さ」

テオは壁に立てかけられた杖を手に取ると、呪文を唱えながら一振りする。

「戻れ！」

するとベッドの上の物はひとりでに動き出す。ふわりと浮き上がったかと思うとゆっくりと空中を漂い、本は本棚に、服はクローゼットに、と、本来あるべき場所へと戻って行った。

目を丸くしているリンに対してテオは不敵な笑みを見せる。

「お前もこのくらいすぐできるさ。魔法語理解できるんだろ？」

「うん」

「テオ・ガルフィルドだ。これからよろしくな」

テオはリンに向かって手を差し出す。

リンは遠慮がちにテオと握手した。

6．見習い魔導師の街

朝起きるとリンは柔らかい光に包まれていた。

陽の光とは違うが、ろうそくやランプとも違う不思議な光だった。

そのため、起きてしばらくは自分が今どこにいるのかわからなかったが、部屋の内装を見渡しているうちに自分が昨日、塔の安宿に入寮したことを思い出した。

テオのベッドの方を見るとすでにもぬけの殻《から》だった。リンは布団から出て背伸びをする。

（今何時くらいだろう？）

時計もなく太陽の位置も把握できないので時間が分からなかった。部屋に満ちている柔らかい光は壁が発光しているようだ。

ろうそくやランプの光のようにオレンジ色ではなく、白色でほとんど太陽の光と変わらないような気がした。

仕組みは分からないけれど、これも魔法の力のようだった。

リンはしばらくベッドに腰掛けておとなしくしていたが、なんとなくそわそわしてくる。

テオはどこに行ってしまったんだろう？

自分も外に行ってみようか。

しかし、下手に外に飛び出せば迷宮のような塔内で迷ってしまうかもしれない。

少しだけ外の様子を見てみようかなと思い始めた時、勢いよくドアが開いてテオが帰ってきた。

「リン。起きてるか？　起きてるな。それじゃ朝飯がてら協会に登録に行くぞ」

テオの手にはパンの入ったバスケットが握られている。

リンはホッとした。このまま夜までずることもなく、部屋に居続けることになるのかと思い始めていた頃だった。

廊下に出るとそこも昨日とは打って変わって明るい光に包まれていた。人気はなくひっそりと静まり返っている。住んでいる人はもうみんな出かけてしまったのだろうか。

リンはテオにつれられて、昨日ドブネズミの巣に来たのと同じエレベーターに辿り着いた。乗り込むとテオは呪文を唱える。

「十階層、魔法都市レンリルへ！」

リンは動くエレベーターの中でテオから手渡されたパンをかじった。

「助かったよ。てっきりもう仕事場に行ったのかと」

「行ってたよ。とりあえず顔を出して休みをもらってきたんだ。お前を案内しなきゃいけないからさ。お前まだ来たばかりだから、この塔のこと何にも知らないだろ」

「うん、そうなんだよ。何も分からなくって。……なんか悪いね。仕事まで休んでもらっちゃって」

「いいよ。バイト代出るらしいし」

テオは欠伸《あくび》をしながら答える。

エレベーターの進む通路も白い光で満ち溢れている。その光の強さと柔らかさは朝の陽光と大差なかった。

「明るいね。これも魔法の力なの？」

「いやこれは魔法じゃない。太陽石の光だ」

「太陽石？」

「太陽の光を閉じ込めた石だよ。太陽の動きに合わせて光度が変化するんだ。太陽石のおかげで屋内にいても屋外と同じように陽の光を受けることができるんだ。だから塔の内部では植物も育てられる。塔内の殆どの内壁には太陽石が埋め込まれているんだ」

「そうなんだ」

エレベーターは白い通路を進んでいく。時に分かれ道に差し掛かるが、その風景は一向に変わらず殺風景だった。どこまでも白い壁が迷路のように続いていく。リンはこの迷路とエレベーターにまだ慣れることができなかった。昨日の暗闇を進む感じに比べればまだマシだが、白い壁が延々と続くというのも、それはそれで無機質で不気味な感じがした。

リンは気を紛らわそうとテオに話しかける。

「あのさ、さっき言ってた協会……だっけ……。これからそこに行くんだよね。どういうところなの？」

「ああ。魔導師協会。塔に在籍する魔導師を登録・管理している。まあ役所みたいなもんかな。魔導師が塔で活動するには必ず協会に名簿を登録しなくちゃいけないけど、いろいろ世話してくれるんだ。何かわからないことがあったときは、協会に聞けば教えてくれるよ。仕事の斡旋《あっせん》もしてくれる」

「へぇ～。便利だねぇ」

リンは魔導師協会という組織にも感心したが、テオにも感心した。テオの説明は簡潔で分かりやすく、すんなり頭の中に入ってくる。

（やっぱり頭のいい子なんだろうな）

「テオはここに来てどのくらい経つの？」

「四ヶ月くらいかな。お前とそんなに変わらない、まだ来たばかりの見習い魔導師だよ」

「でも、昨日部屋で見せてもらった魔法すごかったよ。やっぱりあれは師匠に教えてもらったの？」

「いや、あれは講座とか仕事場で習った。師匠は何も教えてくれない」

「……？　あれ？　そうなの？」

「仕事が休みの土日は、俺らみたいな来たばかりの奴のために無料の講座が開かれてるんだよ。塔での生活のルールとか簡単な魔法の使い方とか教えてくれる。あとは独学だな」

「師匠はどうして魔法を教えてくれないの？」

「師匠は……うーん、なんていうか。一応聞いとくけどさ、リンって貴族階級じゃないよな？」

「えっ、う、うん」

「だろうな。俺も同じ平民階級。まあお前もそのうちわかると思うよ」

テオにしては奥歯に物の詰まった言い方だった。

それにしても、師匠が魔法を教えてくれないというのはどういうことだろう。テオの言い草だと階級や資産が関係しているような口ぶりだが、それと魔法の修行に一体どういう関係があるというのか。

リンは首を傾げた。

「……もうすぐだな」

ずっと腕を組んでいたテオが周りの空気が変わったのを見て呟く。同時にリンは下方から風が吹いているのを感じた。今エレベーターは下方に向かってまっすぐ降りている。

突然、狭い通路から開けた場所に出た。

四方の壁が消えてなくなり、見渡す限りの虚空に放り込まれる。

横風が吹いて檻がガタガタと揺れた。

驚いたリンは檻の隙間から下を覗いてさらに目を見張った。

そこには一つの街があった。二人を乗せたエレベーターは上空から街に向かって下降しており、眼下に十階層・レンリルの全てを見渡すことができた。

道路や建物がひしめき合いつつも、一定の区画に沿って整備されていることが一目で分かる。

道路には朝早くから人々が行き交っているのが見える。リンは自分が塔の中にいることも忘れた。

「すごい！　僕、街を真上から見たのなんて初めてだよ！」

リンは感嘆の声を上げた。周りを見回すと、リンとテオを乗せたもの以外にもエレベーターが空中を行き来している。

「魔法都市レンリルだ。塔の中にある都市の一つで、ま、今のところ俺たちが入れる唯一の街だな」

テオは左手の袖をまくり呪文を唱えだした。すると手首のあたりに紋様が刻まれ始める。円盤と数字、そして針が浮かび上がり時計になる。

「……七時か。協会が開くまでまだ時間があるな。先に他のところ回っとくか」

リンとテオを乗せた檻は街の中心に建っている、最も背が高く天井のない建物に吸い込まれていった。

7．魔導師協会

レンリルは魔導師協会のある街の中心に主要施設が集中しており、『ドブネズミの巣』から出発したエレベーターが到着する駅は街のはずれだった。

リンはエレベーターを降りてから街の中心地までテオに連れられて、街の主要な公共施設を見て回った。

駅から魔導師協会までにある主要施設は図書館、競技場、神殿、そして巨大樹。

いずれも立派な建物だった。

魔法に関する数万もの著書が蔵書されている図書館は歴史を感じさせた。

魔導師であればあらゆる人が利用できるように、アーチ状の扉のない入り口が開放されている。

広大な敷地を利用して建設された競技場も息をのむ壮麗《そうれい》さだった。

ドーム状の観客席から魔導師達が技を競い合うのを観戦するのは、想像しただけでもワクワクする光景だった。

神殿では魔力を回復することができた。

リンは神官に祭壇《さいだん》まで案内してもらい、祈りの捧げ方を教えてもらった。

教えられた通りにやってみると、体のどこかで何かが満たされていくのをかすかに感じた。

「魔力は自然回復するけれども、こうして神殿で祈りを捧げた方が断然回復は早い。仕事で魔力が切れたらここに来るといいよ。だいたい二、三時間で全回復できるから」

神官は愛想のいい笑みを向けてそう言ってくれた。

そして、いよいよリンは巨大樹の前に立つ。

巨大樹はこの塔の大黒柱かつ、塔の最下層から頂上までをつなぐ唯一の連絡路でもある。

それはちょっとした大邸宅ほどの横幅があって地面にしっかりと根ざし、幹はレンリルの天井を突き抜けてその先まで続いていた。

幾重にも重なった厚みのある樹皮の裂け目から、巨大樹がおそらくこの塔が存在するはるか太古の昔からここに生えていたことがうかがえた。

樹木の樹皮一つ一つには塔に所属し、魔導師協会に登録された魔導師達の名前が魔法文字で刻まれて常に発光している。

魔導師の名前はそれぞれ所属する階層の樹木の表面に刻まれることになっている。

リンも協会に登録され次第、巨大樹のレンリルにある部分に名前が刻まれることになる。

テオが自分の名前がある場所を教えてくれる。

「お前の名前も協会に登録次第、刻みこまれるぜ」

また巨大樹は、それぞれの街の機能を担う大精霊の宿る場所でもあるそうだ。

「樹木に触れてみろよ。かすかだけど精霊の気配を感じられるぜ」

リンは少し緊張しながら樹木に触れてみた。

すると、確かにおぼろげながらリンは霊的な存在の気配を感じることができた。

リンが目を閉じて精霊の気配を感じていると、不意に別の気配が混じってくる。

（えっ？　今のって……）

リンは思わず手を離して上を見上げる。

塔の外で感じた静謐《せいひつ》なオーラ。

アトレアの気配に似ていた。

「どうした？」

テオが怪訝《けげん》そうな顔をして聞く。

「……ううん。なんでもない」

(気のせいかな？　いや確かに感じた。今のはアトレアの気配)

もう一度巨大樹に触れてみるが、先ほど感じたアトレアの気配は、もう既に感じられなくなっていた。

リンはレンリルの天井に目を凝らした。

(この巨大樹の先に行けば君に会えるのか。アトレア……)


塔のどこか。とても高い場所。

リンがアトレアの気配を感じる一方で、アトレアもリンの気配をよりはっきりと感じていた。

(リン。レンリルにいるのね。ちゃんと試験に受かったんだ)

彼女はとある用件により巨大樹の精霊に話しかけているところだった。

「アトレア。精霊との会話は終わったのかい？」

アトレアに黒いローブを着た人物が話しかける。

その声色からは男か女か分からない。

「ええ、ちょうど今終わったところよ」

「そうか。何かいいことでもあったのかい？」

「えっ？　どうして？」

「今日の君はいつもより機嫌がいいように見える」

「そうかしら。気のせいじゃない?」

アトレアはそう言いつつも、どこか心が弾んでいることを自覚していた。

たまたまリンと巨大樹に触れる時間が重なった。

そのちょっとした偶然が何となく嬉しかった。


やがて九時になり、巨大樹の中にある魔導師協会が開館する。

リンが巨大樹の扉の前に立つと、蔦《つた》でできた扉は左右に開きリンを招き入れた。

中に入ると、ターミナルと呼ばれる上階の街とつながっているエレベーター群が見えた。

ドブネズミの巣からレンリルに至る檻のようなエレベーターではなく、箱型のしっかりしたエレベーターだ。

到着しては発車し、到着したエレベーターからは、間断なく黒いローブを着た魔導師達が降りてきた。

ターミナルは、塔内でそれぞれ孤立している街から街へと移動する唯一の手段でもある。

レンリル以外の街に行く場合、この樹木の中にあるターミナルを利用しなければならない。

見習い魔導師の場合、学院の試験に受からなければターミナルを利用することはできない。

レンリルの上、五十階層には学院を中心とした都市があり、そこは学院の試験に受かった魔導師でなければ立ち入れないということだった。

リンは上階へと発車していくエレベーターを見上げ、まだ見ぬ学院都市に思いを馳《は》せる。

やがてリンは受付で呼ばれ登録作業を行う。

リンの登録を担当したのは、いかにも役所勤めという感じの浮かないおじさんだった。ユインや試験官達同様黒いローブを着ている。

「え～と、リン君だね。ユイン氏とクノールさんから聞いているよ。まだ学院入学前の見習い魔導師……と。ん？　名字は無いのかね」

「ええ。まあ」

リンは顔を赤らめて俯《うつむ》いた。いい加減リンも、自分の出自が恥ずかしいものであることを自覚しつつあった。故郷ではみんなリンの事情を知っていたので意識することはなかったから、名字が無いのがこんなに不便だとは思わなかった。

登録担当者はジロリと胡散臭そうにリンを睨んだ後、再び書類に目を戻した。

「まあいい。では、これからこの塔で暮らすにあたっての心構えについて説明するから、しっかり聞くように」

登録担当者はリンに説明し始めた。

五十階層以上の学院エリアには学院の合格者以外立ち入ってはならないこと、学院の試験は十二月にあること、塔に住む以上、必ず学院生を目指さなければいけないこと、推薦してもらった師匠には月に一度会って修行の経過報告をすること。

特に師匠への経過報告については念入りに言われた。

「昼食の後にユイン氏には協会に来てもらうよう、手はずを整えているから。その時に今後のこと、つまり修行の方針や学習計画についてしっかり話し合うように。まずはじめにお礼を言うんだぞ。ここまで連れてきてもらった恩もあるんだ。しっかり感謝の念を示さなくてはいけない。師匠の言いつけをよく聞いて、恩返しするのが弟子としての務めというものだ」

「分かりました」

「うむ。よろしい。貸出金が出ることについては聞いているね？」

「はい」

「見習い魔導師には5万レギカ貸出される。まあ贅沢しなければ一ヶ月は生活に困らないだろう。年内に返済すれば無利子だ。君の住んでいる寮の家賃は月５０００レギカ。ところで君、もう仕事は決まってるかね？　魔法はどのくらい使える？」

「いえ、まだ何も」

「だろうな。では工場で働きなさい」

「工場ですか？」

「うむ。工場ならどんなに未熟な魔導師でも仕事がある。たぶん君のルームメイトも工場で働いているはずだよ」

「分かりました」

テオも働いていると聞いてリンは心を決めた。他の仕事よりも働きやすいだろうと思ったからだ。リンはすでにテオのことを頼りになる人間とみなしていた。

「では話を通しておくよ。早速明日から勤めてもらう。明日までに杖を買っておくように。日当は1000レギカだ。ま、もっといい仕事につきたければ、たくさん勉強して魔法を覚えることだね」

担当者は引き出しをゴソゴソ探って大きな印鑑を取り出した。

「右手の甲を出しなさい」

リンは躊躇《ためら》いがちに右手を机の上に差し出す。

担当者はリンの手の甲に印鑑を押し付ける。

「…痛っ」

リンの手に一瞬火傷したような痛みが走る。

担当者が印鑑を離すと、リンの手の甲には魔法文字の焼け跡ができていた。

「それがこの塔内での身分証明書代わりだ。レンリルの大抵の公共施設はそれを見せることで利用できる」

担当者はリンに、身分証を浮かび上がらせたり消失させたりする呪文をリンに教えた。

「では手続きはこれで終わりだ。何か質問はあるかね」

「いえ、特にありません。ありがとうございました」

「よろしい。では最後に一つ言っておくがね」

担当者は急に神妙な顔つきになる。

「この塔には毎年君のような者がやってくる。魔導師になる才能があると言われ、この塔に来さえすれば魔導師になれると甘い期待を抱いてやってくる者達がね。しかし現実はそんなに甘くない。

塔に来たはいいものの、学院の試験にも受からずしがない低級労働者として一生を終える者も数多くいる。これだけは言っておくがね。魔導師は、君のようなどこの馬の骨とも分からない者がなれるほど甘いものでは無いぞ。君では学院の入学試験ですらままならないだろうね」

「聞いてねーよな。筆記試験があるなんて。おまけに学費も必要で現地で稼げなんてさ。詐欺みたいなもんだぜ」

テオは憤懣《ふんまん》やるかたないといった感じで、食卓をドンと叩いた。

登録を済ませた後、リンとテオは協会から少し歩いたところにある食堂『キッチン・グリモエ』で早めの昼食をとっていた。テオによるとこの街で一番安い食堂だそうだ。

テオはここぞとばかりにリンに対して、塔と魔導師に対する不満をブチまけた。

「しかも俺らを連れてくることで、師匠達は協会から金受け取ってんだぜ。人身売買もいいところだよな」

リンはどう反応すればいいのか困った。元々奴隷だったリンからすれば、以前と大して扱いは変わらない。だがテオの話を聞いて、ユインや試験官達の不可解な態度に合点がいった。彼らのリンに対する態度、丁重なようでいて、どこか冷たいあの態度は商品に対するそれと同じだったのだ。

「しかも貴族の奴ら、あいつらは事前に魔導師の家庭教師を雇って試験対策してるんだぜ。俺の師匠なんて塔に来てからも放置だっていうのによ」

「テオは筆記試験を受けたんだね」

「ああ、落ちたけどな。なんの対策もなしに通るわけねーよあんなもん。だからさ、俺は師匠に文句言いに行ったわけ。試験あるなら先に言えよって。そんでもって魔法文字教えろよってさ。そしたら、あいつなんて言ったと思う？　『なんで俺がお前の勉強のために時間を取らなきゃならねーんだ』だってよ。お前俺の師匠だろっての。どう思うよ？　これ」

テオは食事しながらまくし立てるように喋った。

「酷い話だね」

「だろ？　おかげで独学で勉強だよ。ただでさえ厄介な試験だっていうのによ」

「そんなに難しいの？」

「とにかく暗記の量が多いな。魔法語は文字だけで何百種類もあるんだよ。文法も複雑だしさ。オマケに俺らは仕事もこなさなきゃいけないしよ」

「何で師匠は勉強教えてくれないんだろうね」

「忙しいんだってよ。なにやってるか知らねーけどさ。リン、お前も覚悟しとけよ。多分ほったらかしにされるぜ。あいつらからまともな教育受けんのは期待できねー。自分で勉強するほかない」

「勉強の他にも、仕事もしなきゃいけないんだよね」

「そうそう。大変なんだよ。仕事もまともなのねーしさ。来る日も来る日も単純作業。まるで奴隷の仕事だぜ。なあそう思わねぇ？」

「えっと、その、言い忘れてたけど実は僕奴隷階級なんだ」

リンは顔を赤くしながら言った。

「え？　そうなのか？」

テオは少し難しい顔をした後「まあ、魔導師になりさえすれば階級なんて関係ないさ。気にしなくていいんじゃね」と言った。

「うん。ありがとう」

リンはテオの反応を見てホッとした。少なくとも彼は階級を理由に態度を変えるようなことはないようだ。

「とにかく俺達はまず学院に入学することからだな。そうしないと何も始まりやしない。学院に入ればギルドにも加入できる。ギルドに加入さえすれば、もっと高値で売れるアイテムを取りにダンジョンを探検できるし、他にもいろんな仕事があるらしいぜ。何より授業でいろんな魔法覚えられるしな」

「仕事といえば……そういえば杖を買ってくるように言われたよ」

「あっそうか。後で商会に寄ろうぜ」

「君、ちょっといいかな。通して欲しいんだけれど」

リンは背後から声をかけられる。そこには真紅のローブを着た三人組がいた。リンの座る椅子のせいで通れないようだ。

「あっ、はい、どうぞ」

リンは椅子を引いて通りやすいようにした。

「ありがとう」

赤いローブの一団はリンから少し離れた、しかし、話し声が聞こえる程度には近い席に座る。

リンは彼らを盗み見た。彼らは皆一様に赤いローブに金色の留め金を付けている。

「やれやれ、ここの食堂はいつもゴミゴミしてるな。安いのはいいんだけれど」

「貴族と違って、我々は庶民だからね。慎《つつ》ましやかな生活をしなければ」

赤いローブの男達は文句を言いながら食事に手をつける。

「あいつら学院の連中だよ。学院に通ってる奴はみんなあの赤いローブ着てるんだ。制服みたいなもんだよ」テオがリンに耳打ちした。

「みんな立場や役職によってローブの色が違うんだね」

「ああ、黒いローブの奴らは協会のメンバーかあるいは協会に雇われてる奴らだな。この塔の管理運用に関わってる連中だよ。レンリルで見るのはだいたい赤か黒のローブの奴だけだ」

リンは引き続き彼らの話し声に耳を傾けた。

「魔法都市だってのに、食堂はどうしてこう原始的なんだか」

「そう言うなアグル。格言にもあるだろ。『魔導師たる者みだりに魔法を使うな』だ。給仕くらいは自分でしないとね」

「へいへい」

「無駄口叩いてないで打ち合わせ始めるわよ。昼の間に終わらせなきゃいけないんだから」

赤ローブの一団は授業の内容だろうか、なにやら難しい話を始める。

テーブルに図面を広げながら、ああでもないこうでもないと話し始めた。

「ここに魔法石を埋め込んではどうだろうか。質量の問題はクリアできるはず」

「いや、しかしそれでは加速度が……」

リンは彼らが何か高度なことをしているように見えて、素直に感心した。

「すごいね。学院の人達って」

「フン。大したことないさ、あんな奴ら」

テオは歯牙にもかけない様子だった。

しかし純朴なリンには自分より背の高いお兄さんやお姉さんが学院の制服を着て何か難しそうなことを話しているだけで、カッコよく見えた。

いずれ自分も彼らのようになれるのだろうかと思うと、期待と不安で胸が一杯になる。

リンはふと白いローブを着ていた少女、アトレアのことを思い出した。

紅いローブは学院生、黒いローブは協会関係者。では彼女の白いローブは、はたしてどういう意味を持つのだろう。彼女はてっきり学院生かと思っていたが違うのだろうか？

8. 魔法の工場

昼食の後、リンは再び協会の方に足を運んだ。

師匠であるユインに挨拶に行くためだ。

ユインの部屋は、工場地区である十～四十九階の上にある学院地区の、そのまた上にあるエリアに位置している。

見習い魔導師である今のリンには、立ち入ることが許されない場所だ。

そのためリンがユインに会うためには、ユインの方からレンリルまで下りてきてもらう必要があった。

協会の窓口で問い合わせてみると、既にユインは控え室にいるとのことだ。

リンは受付で行き方を聞いてから控え室へ向かった。

控え室に入るとユインがいた。リンをこの塔に連れて来た時と同様、黒いローブに黒い帽子、黒い靴と全身黒ずくめだった。リンはここで初めて、ユインが協会の人間と同じローブを着ていることに気づいた。

「やあ、リン。無事試験に合格したそうだね」ユインがいつもの抑揚の無い声で話しかけてきた。

「はい。おかげさまで」

「ライジスの剣を発現したんだってね。やるじゃないか。指輪を使ったのは初めてなんだろう？初めてでライジスの剣を出せる人は中々いないよ」

「……どうも」

リンは褒《ほ》められたものの、素直に喜んでいいものかどうか分からなかった。というのもユインの喋り方はいつもそうなのだが、どことなく皮肉を含んでいるように感じられるからだ。

彼はあんまり感情を表に出さない一方で、急に不機嫌になる気難しさがあった。

リンは彼のこういうところが苦手だった。

「あの、それで今後のことなんですが……」

「ああ、悪いけれどね。君に構ってあげられる時間はないんだ」

ユインはさも辛そうに溜息をついて言った。

「これでも私は結構忙しくてね。自分の研究もあるし、魔導師協会の職員としての仕事もある。君の学院試験対策に付き合っている暇はないんだよ。すまないが学院に入学するための勉強は自力で頑張ってくれたまえ」

「やっぱり師匠は協会で働いているんですか？」

「そうだよ。君も薄々気づいているだろう？　この塔に住んでいる魔導師は居住区や職業、肩書きによって色の違うローブを着ているということに。この黒いローブ。これは協会の職員に支給されるものだ」

「じゃあ、月に一回しなきゃいけない師匠への経過報告とあいさつは……」

「ああ、それもやらなくていい。考えてもみたまえ。月に一回とはいえ、いちいちレンリルに降りるのは結構手間のかかることなんだよ。塔の外に出張に行くこともあるしね。その度にいちいち互いの予定を調整するのは、いかにも要領の悪いことだと思わないかね？」

ユインは物分りの悪い生徒に諭《さと》すような言い方をした。

「分かりました」

「まあ、とにかくまずは学院に合格することだね。そうすれば君も五十階層の学院都市アルフルドに出入りできるようになる。アルフルドなら私の研究室からもだいぶ近くなるしね。また学院に合格したら連絡してくれたまえ」

それだけ言うと、ユインは立ち上がって部屋を出ようとする。

「あっ、待ってください。師匠への連絡はどうやってすればいいんですか？」

「ああ、それなら協会の者に聞きたまえ。私の部屋の宛先を教えてくれるだろう。ま、君が私の宛先を利用することはないだろうけどね」

そう言うと、ユインはリンの方を見向きもせずにそそくさと立ち去った。

リンはユインと別れた後、協会の受付で待ってくれていたテオと合流した。

「ごめん。待たせちゃって」

「いいよ。お前の師匠なんて言ってた？」

「テオの言う通りだったよ。忙しいから面倒は見れない。まずは学院に合格してからだって」

「やっぱりな。舐めやがって」

「師匠は僕が学院の試験に受からないと思ってるみたい」

「そうなのか？」

「うん。『君が私の宛先を利用することはないだろう』って」リンはしょんぼりしながら言った。

「お前の師匠も……何ていうか陰気な奴だな。気にすんなよ」

リンとテオは協会を抜け出して通りを急ぎ足で歩いた。次はリンがこれから働く場所、工場に挨捗しに行かなければならなかった。

工場には至る所にトロッコやエレベーターが設置され、ひっきりなしに物資が行き来している。

自分と同年代の子もいれば、ずっと年上の人もいる。

彼らは皆、見習い魔導師のようだった。協会の人が言っていた「一生見習い魔導師で終える者もいる」という言葉が脳裏をよぎる。

工場の責任者は黒いヒゲをボーボーに生やしたおじさんだった。

黒いローブを肩にかけているが、灰色の煤《すす》だらけでよく見ないと協会の人間とは気づかない。

「おう、君がリンか。協会の方から聞いているよ。君には荷運びをしてもらう。新米がやる仕事だ。ちょうど手頃なのが来たな。おいテオ。手本を見せてやれ」

「へーい」

テオは杖を取り出すと、ちょうど今エレベーターによって運ばれてきた積荷の方に歩いて行く。

積荷は重そうな金属の箱に包まれており、とてもじゃないが子供の腕力では持ち上げられそうにない。

テオは荷物に貼られた張り紙を一読すると杖を向けて呪文を唱える。

すると箱はフワリと浮かび上がった。

さらにテオが杖を振ると、積荷は杖の指し示した先のエレベーターの方に加速して飛んでいく。

積荷は直前で減速し、ゆっくりとエレベーターの匣中《こうちゅう》に着陸する。

その後テオはエレベーターの方に駆けて行き呪文を唱える。

エレベーターは積荷を乗せて上に昇っていく。

「ま、こういう風にだな、いくら魔法が便利だからといって、全部エレベーターに任せるわけにはいかないわけよ。荷物の行き先はそれぞれ違うからな。荷物が勝手に行き先を選んでくれりゃいいんだが、そういうわけにもいくまい。そこはある程度人力でやらなきゃどうしようもないわけだ。これを毎日ノルマ分やってもらう。ノルマは二百個だ。ノルマを達成できなければその日は給料が出ないからな。次の日に残りをやってもらうまで出ない。ノルマを達成さえすれば定時より早く帰ってもらっても構わない。学院の試験勉強もあるだろうからな。なるべく早く帰りたいだろう。早く帰りたければ早くノルマをこなすことだ。ここまでの話は分かったか？」

「はい。大丈夫です」

「荷物は数十～百キロの物もあるが、杖を使えば魔力を増幅させて運ぶことができる。杖なしで運ぶのはちょっと無理だな。よほど高位の魔導師でもない限り。まあお前には無理だ。杖は自分で買ってもらう。杖は魔導師にとって誇りのようなものだからな。こればっかりは他の魔導具と違って支給するわけにはいかん。というわけで、明日までに杖を買ってくるように」

というわけでリンはテオと一緒に杖屋まで足を運ぶのだった。

9. 賢い杖の選び方

工場を後にしたリンとテオは、商店街の中にある杖屋を目指した。平日の昼間だというのに商店街は大勢の人で賑わっている。リンとテオは商店街の奥にある杖屋にたどり着くまで人ごみをかき分けるようにして進まなければならなかった。

商店街は様々な種類の看板に彩られている。食料品店の看板、雑貨屋の看板、薬屋の看板、あるいは得体の知れない意味不明な看板もあった。

リンは物珍しそうにキョロキョロしながら、テオの後について行く。

リンは商店街を立ち並ぶ店々に目移りしながら進んだ。商店街の店はやはり灰色の四角い建物がベースになっていたが、それでもカラフルな色に装飾されていた。

食料品店、鍛冶屋、飲食店、呉服屋に薬屋、店は様々だったが、リンは特にお菓子屋さんの窓から見えるカラフルな魔法のお菓子に目を奪われた。魔法のお菓子からはいい匂いが漂ってきて、リンの鼻腔《びこう》をくすぐる。

やがて商店街の一角にある杖屋まで辿り着いた。

店に入るとすぐに売り子が駆け寄ってくる。

「いらっしゃいませ。何をお探しですか」

「質量の杖」

テオがぶっきらぼうに答える。

「こちらになります」

売り子は気を悪くするでもなく、売り場まで案内してくれた。

質量の杖コーナーには何十種類もの杖が棚に置かれている。しかしその中で百キロの荷重に耐えられるものは二種類だけだった。

一つはテリウルの杖。もう一つはデイルの杖。値札を見るとテリウルの杖は1,000レギカ、デイルの杖は20,000レギカだった。リンはどちらの杖を買うべきか考えてみた。デイルの杖を買えば少しばかり今月の生活費を切り詰めなければいけない。テリウルならそこまで切り詰めなくても済むだろう。

（テリウルの杖にしようかな）

そう考えているとテオが杖を物色し始める。テオはテリウルの杖には見向きもせずデイルの杖を一つ手に持って、振り心地や手触りを確認した後、リンに差し出してきた。

「これにしとけ。作りがしっかりしてるし、明らかに質がいい」

「でもテリウルの杖の方が安いよ」

「安物はやめとけ。長い目で見ればデイルの杖の方が絶対に得だ」

「けれど安い方の杖を買ったほうが、もしもの時のための蓄えになるよ」

リンは不安だった。ここでこんなにお金を使ってしまって大丈夫だろうか？　もし何か入り用になった時のために、出来るだけ多くお金を残しておいたほうがいいんじゃないだろうか？

テオは冷笑を浮かべた。

「ハハッ。もしもの時ってなんだよ？　そんな考えだからお前は奴隷になるんだ。いいか、よく聞け。俺達は商品を買うんじゃない。時間を買うんだ」


翌日、工場に出勤したリンは早速仕事に取り掛かる。責任者によって仕事を割り当てられると、昨日買ってきたばかりの杖で重い荷物を動かす。

リンは杖を振って積荷をエレベーターからエレベーターに移す。積荷はリンのイメージ通りの軌道を描いて滑らかに空中を飛んでいき、静かに着陸する。

（なるほど。良い道具を使うと仕事が捗《はかど》るのか）

工場で働くリンの手には高い方の杖、すなわちデイルの杖が握られていた。

テオの言ったことの意味はすぐ分かった。


——俺たちは商品を買うんじゃない。時間を買うんだ。——

高い杖の方が安い杖よりも明らかに作業効率が良かった。

リンは初めての作業であるにもかかわらず、素早く思い通りに荷物を浮かせて運ぶことができた。

一方でテリウルの杖、安い方の杖を使っている者はそうはいかない。リンのすぐ隣で作業している子はテリウルの杖を使っていた。しかしその操縦はいかにも危なっかしい。荷物は空中に浮かんでいる間、ガタガタと揺れ、着地も不安定だ。積荷には魔法がかけられた特殊な箱で梱包されているため、中身が傷つくことはなかったが、時折コントロールし損ねた箱があさっての方向へ飛んでいき危なかった。もちろん仕事は捗らない。テリウルの杖を使っている者は消耗も激しかった。高い集中力を要するようで、常に目を凝らして積荷を見つめているし、腕の筋肉もピクピクと痙攣《けいれん》して肉体的負担も、ほんの少しとはいえ、かかっているようだった。

彼らはしばしば作業の途中で回復のため神殿を訪れた。

デイルの杖とテリウルの杖で、一個一個の荷物を運ぶのにかかる時間は数秒〜数十秒程度の差だが、数を積み重ね、魔力を消耗していくにつれてその差はどんどん広がっていった。

隣の子が手こずっているのを尻目にリンは早々とノルマを達成してしまう。リンが作業を終えたのはまだお昼を過ぎたばかりの頃だった。

「お、もう終わったのか？」責任者がリンを見て言う。

「はい。二百個終わりました」

「よかろう。今日の分の給料を振り込んでおくよ。もう帰ってもいいぞ」責任者がリンの仕事をチェックして手元の書類に記載する。

「リン、急げ。図書館に行くぞ」

すでに作業を終えているテオが声をかけてくる。テオの方はというと、もうすでに帰りの支度まで済ませている。

（待っていてくれたのか）

リンも急いで帰りの支度を済ませた。

工場を出たリンとテオは図書館に駆け込んだ。

平日の昼過ぎにもかかわらず自習室は人でいっぱいだった。幸いにも二人分の机と椅子は空いていた。

机を確保するや否や、テオは本と余った紙を机に並べて読み書きを始める。

リンはその様子を見て感心した。

（やっぱり頭のいい子なんだな）

リンもテオを見習って読み書きを始める。トリアリア語の翻訳文が併記された魔法語の本を持ってきて、わかる範囲で学習した。

途中、工場でリンの隣で作業していた子が自習室を覗きに来た。しかしその頃には自習室の席は満杯で彼の座る余地はなかった。彼はうなだれながら自習室を後にした。

翌日も翌々日も同じような展開が続いた。リンが隣の子よりも早く仕事を終える。リンより一足早く仕事を終わらせたテオがリンを待っている。二人で図書館の自習室に行く。テリウルの杖を使っている子はかなり遅れて自習室にやってくるが、その時には自習室は満席になっている。テオと

リンが快適な図書室の机と椅子を使っている間、安物の杖を使っている者達はドブネズミの巣の固いベッドの上で勉強しなければならない。ドブネズミの巣には机と椅子は備え付けられていなかった。

日が経つにつれてリンの作業スピードはさらに上がっていった。終わる頃には必ずテオがリンの少し前に作業を終わらせて帰り支度を済ませている。どうやらテオはリンのスピードに合わせているようだった。彼はリンの帰り支度がすむまで必ず待っていてくれた。

リンが工場で働き始めて二週間ほど経った時、事件は起こった。リンの隣で働いていた子の杖が作業中に真っ二つに折れたのだ。積荷はあえなく途中で落下し、けたたましい音を立てる。その場にいた者達は何があったのかと集まってくる。

「あちゃー、杖折れちゃったか！」

「負担をかけすぎたんだな」

「まあテリウルの杖で二ヶ月もったんだからいい方でしょ」

テリウルの杖は耐久性も低かった。使って一ヶ月もしないうちに調子が悪くなったり、場合によっては真っ二つに折れて壊れてしまうこともあった。テリウルの杖を使う者は頻繁に買い換えなければならなかった。

一方でデイルの杖は、いつまでたっても壊れる気配がない。リンはデイルの杖の価格に改めて納得した。

（高いだけのことはあるな）

「仕方ない。杖を買いに行ってくるよ。リン。悪いんだけれど僕が途中まで運んだ積荷、最後まで運んでおいてくれる？」

杖の壊れた子がリンに頼んでくる。彼の落とした荷物は行き先の途中で放置されていた。このままでは邪魔になってしまうだろう。

「うん、いいよ」

リンは正直ホッとした。テリウルの杖を使う彼のことが不憫《ふびん》でならなかったからだ。

彼はいつも図書館の自習室を利用したいと思いながら、とんぼ返りしていた。

けれども、今日からデイルの杖に買い換えて作業の能率を上げれば、自習室を利用することができるだろう。

今週は、買い物に行ったロスで週末まで仕事がもつれ込むのは避けられないだろうが、来週からはきちんと勉強時間が確保できるはず。

彼の真面目さが報われるのだと思うと、リンは他人事ながら嬉しく感じた。

しかしリンの予想はあっけなく裏切られる。

買い物を終えて工場に帰ってきた彼の手に握られていたのは、またもやテリウルの杖だったからだ。

その後も同じ展開が続いた。リンとテオが早めに仕事を切り上げて図書館に駆け込む。他の見習い魔導師達は遅くまで仕事をする。テリウルの杖を買う者達は時間を浪費していった。

リンにとって不思議なのは、これだけテリウルの杖が不便であるにもかかわらず、みんな買い続けることであった。

(皆もデイルの杖を買えば良いのに……)

壊れた杖を買うのにも時間がかかる。彼らは杖を買い換えるために、貴重な週末の時間も棒に振った。

毎日遅くまで仕事して休日は杖を買いに行って……、彼らはいつ勉強するのだろう? 試験対策は大丈夫なんだろうか? リンは不思議だった。

(なぜ皆デイルの杖を買わないいんだろう)

ある時、隣で作業している子がコントロールを誤って、リンのすぐ隣に数十キロの積荷を落下させてしまった。リンは危うく潰されそうになって冷や汗をかいた。

「ゴメン。大丈夫?」

「うん。でも、そのテリウルの杖じゃ危ないと思うよ。デイルの杖を買いなよ。すごく使いやすいよ」

その子はリンのことを怪訝《けげん》な目で見てきた。その目は「こいつは何を言っているんだ?」とでも言いたげだった。

結局テリウルの杖からデイルの杖に変えたのは数えるほどで、ほとんどの者はテリウルの杖を使い続けた。

リンはデイルの杖で作った時間を最大限に利用し、着々と知識を蓄えていった。

仕事が終われば図書館の快適な自習室に駆け込み、閉館時間まで一心不乱に魔法文字の読み書きと文法を覚えた。

ドブネズミの巣に帰った後も、明日の仕事に支障が出ない範囲で学習に取り組んだ。

机と椅子がないため、ベッドの上でできる範囲のことをテオがランプの灯りを消すまでに行う。

余計な知識の入っていないリンの頭は、みるみるうちに魔法語の文字と文法を吸収していった。

月日はあっという間に過ぎていく。

やがて季節は冬になり、試験の時期が訪れる。

リンとテオはこの期間、街で起こったあらゆるイベントに関与しなかった。

塔に在籍する飛行船が大挙して帰ってくる艦隊の季節、魔導師達が己の技と力を試し合う魔導競技、街の精霊に感謝する精霊祭にすら参加しなかった。

精霊祭では年に一度巨大樹が大盤振る舞いして、千人に一人が鉄鉱石の代わりに金塊を手に入れられるにもかかわらず。

10. 正しいお金の使い方

レンリルの街には木枯らしが吹きすさび、道行く人々はコートを着て身を縮こまらせながら歩いている。太陽石には季節に合わせて気温を調節する効果もあるようだ。

試験が近づくとレンリルの人々はみな急にソワソワし始める。大丈夫、試験までまだ期間は十分にあるとタカを括っていた見習い魔導師たちも、隙間時間に魔法語を暗記しようとポケットからメモを取り出し、ブツブツと口ずさんで悪あがきしている。

試験当日の朝、リンは出かける準備をしていた。

「部屋に散らかっているもの達よ。あるべき場所に戻れ」

リンが杖を振りながら呪文を唱えると、リンのベッドの上に散乱している服や本、インクとペン、書類はたちどころに浮き上がって元の場所に戻っていく。

テオの言う通り、この魔法はすぐに使えるようになった。

覚えてみれば簡単なものだ。

衣類や本の端っこに魔法文字と印を刻んで呪文を唱えるだけ。本や服のような軽いものを所定の位置に戻すくらいなら、これで事足りた。

「よし、じゃ行くか」

「うん」

リンとテオは筆記試験が行われる巨大樹を訪れた。

学院試験の期間は巨大樹の中にある受験用の部屋が開かれる。

見習い魔導師達は時間毎に分けられ、この部屋を訪れる。

リンは受付でしばらく待った後、担当者に呼び出され、受験室に入った。

部屋の床の一角に魔法陣が描かれている。

担当者が呪文を唱えると魔法陣は光の渦《うず》に変わる。

「これは……」

「次元魔法だ。この中に飛び込んだ者は異空間へと誘われる。魔導師にだけ通り抜けられる空間だよ。ここはレンリルで唯一の異空間。筆記試験はこの異空間で行われる」

リンは渦の中を覗き込んでみた。青と白の光が常に回転して渦を巻き、吸い込まれている。

「試験についての詳細は向こう側で聞いてくれたまえ。なあに心配することはない。君に実力があれば、試験に合格して戻ってこれるはずだ」

試験官は腕時計を見た。

「今から一時間以内に渦に飛び込み向こう側へ行かなければ失格とみなす。試験を棄権《きけん》するのであればこのまま帰ってもらっても構わない。どうする？」

「……行きます」

「よかろう。渦の中に飛び込みたまえ」

リンは不気味な渦の中身をしばらく覗き込んでいたが、やがて意を決したように渦の中に飛び込んだ。

リンは青と白の光に包まれて回転しながら落ちていく。目が回り、やがて上下左右の違いがわからなくなる。

気がつくとリンは門の前にいた。周りには両側に壁があるくらいでそれ以外に何もない。後ろを見てみると、どこまでも通路が続いていて先が見えなかった。

門の上には悪魔をかたどった彫像が置かれていた。

リンが何ともなしに彫像を見ていると突然、彫像が口を歪めてニヤリと笑った。

リンがぎょっとすると、すかさず、しわがれた老人のような声が降ってきた。

「試験を受けに来た見習い魔導師か」

リンは逃げたくなるのをすんでのところで我慢して、どうにかその場に留まった。

「どうした？　口もきけないのか？　試験を受けに来たのかどうかと聞いている」

「っ……」

リンはかろうじて首を縦に振った。

「そうか。では今から試験について説明するぞ」

「あの、あなたは……」

「おお、お前は初めて試験を受ける者か。ワシの名はガーゴイル。魔導師協会に試験官として雇われているものだ」

ガーゴイルは試験について説明し始めた。

「試験の内容はいたって簡単だ。この門の先にある迷路を進むだけ。なあに、迷路と言っても一本道だ。ただし迷路の各所には検問がある。検問では石版に魔法文字の試験問題が書かれている。この問題に対して解答を書き込めば門が開いて通れる。正解しても間違っても門は開くが、間違いが一定数を超えたところで試験は不合格となりレンリルへと戻される。一定時間過ぎた場合も同様にレンリルへと戻される。迷宮の終点までたどり着くことができれば合格だ。たどり着ければささやかなご褒美が待っているぞ。どうだ？　何か聞きたいことはあるか？　もう一度説明を聞くか？」

リンは首を横に振った。

「よかろう。では試験開始だ。健闘を祈る」

ガーゴイルは翼を広げて飛び立った。それと同時に門が開いて通路が現れる。

ガーゴイルは去り際に、けたたましい笑い声を上げていった。リンはそのあまりにも耳障りな声に耳を塞いだ。

ガーゴイルの笑い声が聞こえなくなった頃、リンは迷宮を進み始めた。

リンはガーゴイルの指示に従って道なりに進んでいった。

少し進むたびに門が現れて、そこには石版が立てかけてある。

リンは石版に刻まれた魔法文字を読んで問題を解き、解答を石版に刻んでいった。
リンの実感では思ったよりも簡単な問題という印象だった。
簡単すぎて、読み間違えているのではないのかという不安にかられるくらいだった。
リンは何度も戻って、もう一度問題を確かめてみたい誘惑に駆られた。
しかし戻れば失格になるような気がしたし、何より時間がなくなる恐れがあった。
十問目くらいを超えた頃、リンは急に問題が難しくなってきたのを感じた。
あっているのかどうか自信のないものも出始める。
リンは迷いながら石版に魔法文字を刻んだ。
どれだけ解答を書いても迷宮の反応は変わらない。ただ門が開くだけだった。
リンは不安に駆られながらも、ただただ迷宮の中を進んでいった。
ついにリンは恐怖に囚われて走り出した。
迷宮はあまりにも単調すぎた。同じことの繰り返し、同じ風景の連続。
リンは永遠にここに閉じ込められるんじゃないかという妄念に取り憑《つ》かれる。
どれだけの問題を消化しただろうか。ひときわ大きな門に辿り着く。
門の先からは水の音がしたため、リンは少し正気を取り戻した。
門が開いた先には泉があった。
円形の泉は中央が道によって区切られており、道の真ん中には祭壇があった。
リンが祭壇に近づくと、そこには灰色の月桂樹の葉が置かれていた。

リンが月桂樹の葉を手に取ると、どういうわけか先ほどまで不安に駆られていた精神が安定して落ち着き始めた。

急に世界が反転し始める。

リンの足元が崩れ、リンはどちらの方向ともわからないまま落下し始めた。

渦巻きに飛び込んだ時のように、リンは上下左右の区別がつかなくなり目眩《めまい》と吐き気に襲われる。

気がつくと、リンは天窓から注ぐ柔らかな光に包まれて、レンリルにある神殿の祭壇の前にいた。

「リン、帰ってきたのか」

テオの声が後ろから聞こえる。

リンが振り返ると、彼も灰色の月桂樹の葉を手に持っていた。

「テオ。ここはレンリルの神殿だよね。僕は……試験は？」

「合格だよ。リン。俺達学院の試験に合格したんだ。お前も迷宮の祭壇がある泉までたどり着いたんだろ？　この月桂樹は迷宮の終点にあるアイテムだ」

リンが後から聞いたところによると、月桂樹の葉は『勝者』を象徴するものということだった。


一月になり正式に試験の結果が発表された。かくして二人は試験に合格していた。

合格者の名前を載せる掲示板にリンとテオの名前があった。

リンはここでようやく試験に合格した実感が湧いてきた。

「やった。やったよ、テオ!!」

リンは泣き出さんばかりに喜んだ。

テオは「ま、こんなもんかな」と余裕を気取る。

二人はそのまま協会に行って登録を済ませた。リンとテオは見習い魔導師から学院魔導師にクラスチェンジしたのだ。

登録してくれたのは、初めにリンの見習い魔導師登録手続きをしてくれた、学院試験は甘くないとかなんとか言ってたおじさんだった。

彼はリンのことを覚えていたようだ。リンの手の甲に登録の焼印を押す時の彼の表情は心なしか苦々し気だった。


翌日、工場に働きに行くと既に誰が合格したのかが職場中に知れ渡っていた。リンの働いている区画で合格しているのはリンとテオだけのようだった。

その日、リンは皆に注目されているようで、嬉しいような恥ずかしいようなこそばゆい気分だった。

「ねぇ、君」

「はい？」

リンが休憩していると、年上の人が話しかけてきた。初めて工場に来た時、リンが会釈しても無視した無愛想なおじさんだった。

彼はいつもテオに邪険にされていた。リンがテオと一緒にいない時を見計らって話しかけてきたようだ。

「学院の試験に合格したそうだね。おめでとう」

「ありがとうございます」

「まだ来たばかりなのにすごいじゃないか。一体どうやってあの難しい試験に合格したんだい?」

どうやら彼は何度も試験に落ちているらしい。それもそのはずだ。彼の手に握られているのはテリウルの杖なのだから。

「なに、簡単なことですよ」

リンは少し得意になっていた。いつになく長者風を吹かせて教える。

「高い方の杖を買えばいいんです。そうすれば……」

「いや、それは安い方でいい。安いものを買った方が他のことにお金を回せるからね。僕にはお金の使い方に関して確かな考えがあるんだ。それよりも早く本当のコツを教えてくれ。他に何かあるんだろう? 隠さずに教えてくれよ」

リンはギョッとした。いきなり否定されたからというのもあるが、それよりも、以前自分がテオに言ったのと全く同じことを目の前の彼が喋ったからというのが大きかった。過去の自分が亡霊となって目の前に現れたような……。そんな気分だった。

「いや、あのですね。この場合、商品を買うんじゃなくて時間を買うという考え方で……」

「何を言ってるんだ君は。安いものの方が経済的でいいに決まっているだろう。絶対にそうに違いない。それに考えてもみたまえ。いきなり給料が下がったり、仕事がなくなることもあるんだぞ。そうなった時、路頭に迷ったらどうするのかね。どうだい? いざという時のために蓄えが無いと不安だろう？」

「それは……そうですが……」

「そうだろう。どう考えても安い杖を買った方がいいに決まっている。それより本当のコツを教えてくれ」

（教えろって言われても……）

リンは思案してみた。この時間を稼ぐ感覚をどうすれば彼に伝えられるのだろうか。

しかし、それは無理な話である。実感を伴う知識は、実際に経験してみなければ理解できないのだ。

（そうか。経験してみなければ分からないんだ）

リンは杖を買う時、テオがなぜあんな突き放すような言い方をしたのか、ようやく分かったような気がした。

「おい、リン！」

リンは自分の名前を呼ばれてハッとした。声の方を向くとテオがいた。

「いつまで休んでんだ。持ち場に戻れ！」

「う、うん。あの、じゃあ僕はこれで」

リンはそそくさとその場を立ち去って、テオの方に駆けていく。教えを乞うてきた男はテオに邪魔されてバツの悪そうな顔をしていた。リンは彼の追求から解放されてホッとした。

「あいつとなんか話していたのか？」

「ああ、試験に合格するコツを教えて欲しいらしい」

「あんな奴相手にしても無駄だ。ほっとけ」

「……」

「頭固すぎんだよ。人にアドバイス求めときながら聞きやしねーし」

「……そうみたいだね」

「さっさと仕事終わらせんぞ」

テオは持ち場に戻ろうとする。

「テオ、待って」

リンは切羽詰《せっぱ》った様子でテオを呼び止めた。まだ聞かなければいけないことがあった。

「彼が言っていたんだ。安い杖を買った方が経済的だって。そのほうが他のことにお金を回せるって」

「バカが！　この街でこの仕事していて、杖以外何に金をかけるっていうんだ」

テオは吐き捨てるように言った。

「……うん」

彼は来年も試験に落ちるだろうな、とリンは思った。

しかしリンは彼を笑う気にはなれなかった。

リンとて以前は彼と全く同じ経済観念の持ち主だったのだ。あの時テオの言うことを素直に聞いていなければ、リンも彼と同じ道をたどっていたのかもしれない。そう考えてリンはゾッとした。

彼はどう見てもリンより二十歳以上年上だったのだから。

リンは持ち場に戻る前に、通路の窓からレンリルの街並みをちらりと見た。相変わらずこの町にはたくさんの人と建物がひしめき合っている。彼は初めてレンリルに来た時、その街並みに心踊らせた。しかし今となっては、この街には余計なものがあまりにも多くあるような気がした。

リンは学院の授業が始まる四月までの期間、よく働き、よく学び、よく遊んだ。隣にはいつもテオが一緒にいた。

この時期、リンには見るもの全てが輝いて見えた。神殿での礼拝、劇場での演劇、競技場でのイベント。実際、これから始まる厳しい修行、数々の試練、嵐のように過ぎてゆく忙しい日々を思えば、この期間はリンにとって最も穏やかな日々だったかもしれない。

リンはレンリルの街を歩きながら様々な人とすれ違った。その中には見習い魔導師だけでなく、深紅のローブを着た学院生もいたし、青や黄色のローブを着た高位魔導師もいた。

しかし白いローブの少女、あの石像の前で祈りを捧げていた少女・アトレアを見かけることはついになかった。

11. 薄笑いの少女

リンとテオはいつも通り仕事の休憩時間、安食堂に来ていた。レンリル最安値の食堂『キッチン・グモリエ』は今日も混んでいる。リンとテオは空いている席を探してみるが、なかなか見つからない。完全にお昼の席取り競争に出遅れてしまったようだ。

「リン！　テオ！　こっちだ」

リンとテオを呼ぶ声が食堂の片隅から聞こえる。そこには真紅のローブを着た三人組がいた。背の高い少年がリンとテオに向かって手を振っている。

「アグルさん！」

リンは三人組の方へ駆け寄っていった。彼らは自分達の席の他に二人分の空き席を確保していた。リンとテオのために席を取ってくれていたのだ。試験に合格して以来、二人は学院生である彼らと食事をとるようになり、可愛がられていた。


試験に合格したリンとテオは四月から始まる学院の授業が始まるまでの間、仕事以外にやることがなくなり少し暇になっていた。

そこでリンは、以前から食堂でよく見かける真紅のローブの一団に話しかけてみることにした。彼らは学院地区からしばしばレンリルの街に降りてきて食堂で食事をとっていた。

以前から彼らのことが気になっていたリンは思い切って話しかけてみた。

「あの、学院生の方達ですよね。僕も四月から学院に通うんです。良かったら一緒に食事しませんか？」

彼らは快《こころよ》くリンとテオを迎え入れ、そればかりか色々と面倒を見てくれた。そして今日もわざわざ二人のために席を取ってくれていたというわけだ。

「リン。こっちに座りなさい。テオ、あんたはあっち」

「はい」

三人の学院生のうち、長い黒髪にスラリとした体型の少女、シーラがリンを自分の隣の席に、テオを反対側の席に座るよう指示する。リンとテオは素直にシーラの指示に従った。

「しかし、お前ら大したもんだな。あの試験に一度で合格するなんて」

がっしりとした体格の学院生、アグルが感心したように言う。

「いや〜そんな大したことないですよ」

テオが愛想良く答えた。

「俺もシーラも二回は試験に落ちたんだぜ。一度で受かったのはエリオスくらいだよ。なあ？」

「運が良かっただけだよ」

落ち着いた雰囲気の学院生、エリオスが話を振られて困ったように微笑む。

彼がこのグループのリーダー格だった。

リンは彼の実力者でありながら、それを強く主張しない穏やかな雰囲気に惹かれていた。

「とはいえ、大変なのはこれからだよ。学院の授業は一筋縄ではいかないからね」

「ま、エリオスは学院でも指折りの優等生だけどな」またアグルが茶々を入れるように言った。

「そうよ。あんたが学院の授業で苦労したところなんて見たことないわ。毎年単位でアップアップしてる私たちと違ってね」

シーラがいじけたように言う。

「あんまり持ち上げないでくれ。自分がまだまだなのは自分で一番よくわかっているよ。上には上がいる。テオとリンも学院に来ればすぐ分かるよ」

「おっ、そうだぜ。学院には凄い奴がいっぱいいるからな。お前ら覚悟しとけよ」

アグルにはコロコロ意見を変えるところがあった。このあたり落ち着きのあるエリオスと好対照だった。

テオがリンに目配《めくば》せした。早く本題に入れと言わんばかりに。

「あの、僕調べたんですけれど、学院では自分で授業を選ぶんですよね」

「おお、そうだよ。科目選択間違えるとえらい目にあうぜ」

新しい話題になると何にでも飛びつくアグルがすぐに食いついてきた。

「シーラなんて、一年目で残念な授業とって大変な目にあったよな」

「やめてよ。思い出したくもないわ」

「特に課金の必要な授業には注意が必要だよ」

エリオスが釘をさすように言う。

「課金？　学費以外にも余分に金とられる授業があるんですか？」

テオが怪訝《けげん》そうに聞く。

「ああ、学院の授業にはいろんなタイプがあってね。中には年間の学費だけでなく、追加で課金しなければ受講できない授業もあるんだ。ただこれが厄介でね。値段の割りに質の悪い授業もたくさんあるんだ」

「へー」

「一年目は、とにかく追加料金なしの授業だけにしておくのが賢明だね」

「かと言って、無課金の授業にも酷いのがいっぱいあるからな。シーラなんて、これまた二年目で残念な授業を取ってしまって……」

「もういいっての」

シーラがアグルの肩を叩いた。

「賢明なのは基礎魔法関連の授業に力を入れることだ」

エリオスが話を戻した。

「おお、そうだぜ。基礎魔法は大事なんだよな」

「基礎魔法？　なんですかそれ？」

「現代魔法を司る最も基本的な五つの魔法体系のことだよ。光魔法、力学魔法、魔獣、金属魔法、精霊魔法。これらに関する授業は早めに取っておいたほうがいい。ほとんどは無課金の授業だし、これらの基礎がしっかりしていれば、他の応用の授業も理解が捗《はかど》るからね。一年目から取れる基礎魔法関連の授業は指輪魔法、妖精魔法、冶金魔法、質量魔法くらいかな」

（結構色々考えなくちゃいけないんだな）

リンは学院に入りさえすれば、あとは授業を受けるだけと思っていたが、考えを改めなければならないようだった。

「大丈夫だよ。基礎科目だけでも学院を卒業することは十分に可能だ。無課金で受けられるしね」

エリオスはそう言って穏やかな微笑を浮かべた。

「リン、これ美味しいわよ。もっと食べなさい。テオ、あんたはもう十分食べたでしょ」

シーラは料理の盛られた大皿をテオから引き離し、リンの皿によそう。

「あ、はい。ありがとうございます」

「あら、リン。口にソースがついてるわよ。とってあげるね。テオ、お前は自分で拭け」

シーラはリンの口元についた食べ残しを、自分のハンカチで丁寧に拭き取る。

テオには何もしない。

リンは顔を赤らめながらもシーラの厚意《こうい》に甘える。

アグルはシーラの露骨な態度に眉をしかめた。

「シーラ。なんかお前テオに厳しくねえか？」

「リンに甘いとも言えるね」

エリオスが付け足した。

「だってテオは可愛くないもの。それに比べてリンのいじらしさときたら」

シーラはリンの頭を胸元に引き寄せて抱きしめる。

リンは頭に柔らかいものを押し付けられるのを感じて顔を赤くした。

シーラはまだ十代後半の少女だが、リンから見れば立派な大人の女性だった。

「えー、なんすかそれ。差別感じるなぁ」

テオがおどけてみせる。

「そうだぜシーラ。年下に対して大人気ないぞ」

アグルがテオに同調した。

シーラは探るように目を細めてテオを見つめる。

「テオ、あんたは年下のくせに可愛くない奴よ。他の二人は誤魔化せても私の目は誤魔化せないから。あんたの生意気で小賢しい本性はお見通しよ。私達のこと大して尊敬していないでしょ」

「そんなことないですよ。俺はシーラさんのこと、ちゃんと尊敬していますよ」

テオはそう言って笑顔を作ってみせる。だがその表情には隠し切れない不敵さが漂っていた。

「どうだか。怪しいものね」

リンはシーラとテオのやり取りを見て、ハラハラしながら見守った。

「はっはっはっ。生意気で頼もしいじゃねーか。まだ学院にも入ってねーのに俺達を侮《あなど》る後輩なんてさ」

アグルが磊落《らいらく》に笑ってみせる。

「フン。まあいいわ」

シーラはテオへ向けていた疑《うたぐ》りの視線を逸らした。リンはホッとする。テオはしれっとした態度で食事を続けている。

「そろそろ時間だな」

エリオスが呪文を唱えて腕時計を出現させる。午後の授業が始まるようだった。五人はみんな立ち上がった。

「君達もこれから学院の入学式だろう?」

「はい。これから協会にローブを取りに行くんです」

「そうか。では途中まで一緒に行こう」

リンとテオは協会まで三人組と一緒に行き、そこで別れた。彼ら三人は巨大樹のターミナルの方へ向かった。

「リン。しばらくお別れね。寂しいわ」

シーラが名残惜しそうにリンを抱きしめる。シーラがリンを特別気にかけるのは彼女の故郷にいる弟に似ているからだそうだ。リンもリンで彼女のことを慕っていたので抱きしめ返した。シーラは離れた後も寂しそうな顔でリンを切なげに見つめ続けた。いつも通りテオには特に何もしなかった。

「気にすんなよテオ。シーラも本当はお前のことも気に入ってるからよ」

アグルがテオの背中を叩いて元気付ける。

「え? ああ、はい」

テオもテオで特に気にしている様子はなかった。

「それじゃ僕たちは行くよ。リン、テオ。次は学院で会おう」

エリオスが場を締めて三人は立ち去っていく。

リンは三人の背中が見えなくなるまで、しばらく彼らの立ち去った方向を見続けた。

三人が見えなくなったところで、テオはリンの方を振り返って言った。

「な？　大したことない奴らだろ？」

リンは困ったような曖昧《あいまい》な笑顔を浮かべた。正直言って何が大したことないのかよくわからなかったが、とりあえず「そうだね」と言っておいた。


リンとテオは協会の受付で学院生の証である深紅のローブを受け取る。二人は早速普段着の上から羽織り、金の留め金を留めてみる。初めて着たにもかかわらずローブは二人の体にぴったりと合った。どうやら魔法の力が働いているようだ。リンは学院の制服であるこのローブを着ただけで、なんとなく大人に近づけたような気がした。これからはこのローブを着て塔内の至る場所を歩くことが許される。彼はようやく憧れの魔導師になるための第一歩を踏み出したのだ。

「これも付けなさい」

職員の人が青色のバラを差し出してくる。

「これは……？」

「新入生であることを示すものだ。胸に挿していれば、きっといいことがあるよ」

「ありがとうございます」

リンは青色のバラを胸に挿した。

花を贈られただけでお祝いされたような気分になり、なんだか嬉しくなった。

「じゃ、学院に行くか」

リンとテオは巨大樹まで行ってターミナルのエレベーターに乗り込む。今まで乗っていた檻型のものとは違って、しっかりと四方が壁に囲まれた箱型のものだ。

エレベーター内に設置されている魔法盤に手をかざすと手の甲が光り始める。エレベーターがリンを学院生であると認識した証だった。

「五十階、学院入り口へ！」

リンが呪文を唱えると、エレベーターは上方に向かって勢いよく動き出した。

リンはこれから待ち受ける新しい生活に胸を躍《おど》らせながら、エレベーターが五十階に到着するのをじっと待った。


「ったく。なんでエレベーターがあんのにわざわざ階段なんて作ってんだよ？」

五十階に到着した後、リンとテオは学院の入り口へと続く階段を上っていた。テオが毒づきながら足を運んでいる。実際、毒づきたくもなるほど長い階段だった。学院の入り口は神殿風になっており、長い階段を登らなければ辿り着けない。二人は息を切らせながら階段を上っていった。

リンは階段の先の方へ目を向けてみた。階段の先には大きな神殿風の入り口と、大魔導師ガエリアスの石像が待ち受けている。ガエリアスの像は塔の外で見たものと同様、厳しい表情を訪問者に向けている。リンはなんとなくアトレアのことを思い出した。

「テオ、もう少しだ。頑張って」

リンはあと少しで到達するというところで、テオの方を振り返って元気付けた。

「あら。ようやくここまでたどり着いたの、ドブネズミさん？」

リンは突然上から降ってきた少女の声にハッとした。上を見るとガエリアスの像の前に誰かいる。

（アトレア？）

リンはアトレアだと思って像の前にいる少女に目を凝らす。しかし、そこにいたのはリン達と同じ深紅のローブに白銀の留め金をした金髪の少女だった。

その顔には冷たい薄笑いを浮かべている。

（この子……貴族だ）

リンは彼女の態度と白銀色の留め金を見て直感的にそう思った。

「まあ平民にしては頑張った方ね。でもここから先は今までのように上手くはいかないわよ」

12. 入学式

「君は……ユヴェン」

「久しぶりねテオ」

テオと階段の上にいる少女、ユヴェンがやりとりする。

リンは二人のやり取りを聞いて、ようやく彼女が自分ではなくテオに対して話しかけていることに気づいた。

（テオの知り合いなのか？）

「ユヴェン、まさか僕を待ち伏せしていたのか？」

テオは警戒するように少女を、ユヴェンをにらみつける。

「待ち伏せ？　アッハハッ」

リンはギクリとした。

ユヴェンの笑い方があまりに冷たかったからだ。

まさに冷笑という表現が相応《ふさわ》しい笑い方だった。

「どうして私があなたを待ち伏せしなきゃいけないのよ。たまたま通りかかっただけに決まっているでしょう？」

リンは落ち着かなかった。彼女の声は少女らしく可愛らしいけれど、どこか癇《かん》に障るところがあった。

ふとユヴェンがリンの方を見た。

「あ、はじめまして。僕はリンっていいます。テオとは友達で……」

「テオ、私はあなたが工場で遊んでいる間にたくさん魔導について学んだわ」

ユヴェンはリンを無視してテオに話しかけ続ける。

どうやら彼女はテオ以外眼中にないようだった。

「ほら。こんなこともできるようになったわ。『物質生成』」

ユヴェンが呪文を唱えると彼女の持っている杖の先が光り、光は鉄球を形作っていく。

ユヴェンが杖を軽く振ると、鉄球は投擲《とうてき》されたように風切音を立ててテオに向かってくる。

「！」

「テオ！　危ない」

リンは毎日重いものを運んでいる経験から鉄球の質感と風を切る音だけで、デイルの杖では支えきれない重さだと直感した。

ズン！　と鈍い音を立てて鉄球は階段のテオの立っていた部分にめり込んだ。

テオはすんでのところで躱《かわ》していた。

「一トンの荷重に耐えられる杖、『トンニエの杖』よ」

ユヴェンが持っているステッキ型の杖を指し示してみせる。

「質量魔法の単位を取得した者のみ装備することが許されるの。すごいでしょ」

「このっ、何すんだよ！」

「炎よテオを包み込め！」

テオが掴みかかろうとするとユヴェンが呪文を唱えた。

周囲の妖精がうごめいてテオの周りを炎で包み込む。

「うっ、うわぁ!!」

「テオ！」

「これは妖精魔法の単位を取得した者のみ装備できる『フラムの魔石』」

ユヴェンが左耳にかかっている髪を掻き分けて、赤い宝石の付いたイヤリングを見せる。

「妖精魔法の威力を上げてくれるの。安心なさい。そのローブは魔法に対する抵抗力があるわ。その程度の温度じゃ火傷もしない」

確かにユヴェンの言う通り、テオを覆う火炎は纏《まと》わりついているだけで、一向に衣服に燃え移る気配はなかった。

「もっとも、少し温度を上げてあんたを焼き殺すくらい、造作もないことだけれど」

ユヴェンが酷薄《こくはく》な笑みを浮かべ、人差し指を立てて何か指示するような仕草をした。

すると炎の色が変わって温度が高くなっていく。

テオの顔が真っ青になる。

「何をしているんですか。ユヴェン様！」

奥から飛んでくる声にユヴェンはピタリと動作を止めた。

学院の入り口の方から黒いローブを着た中年の女性がやってくる。

「学院魔導師を魔法で攻撃するなんて。そんなことはいかなる魔導師といえど固く禁じられています。彼に火傷を負わせでもすれば退学処分を受けてしまいますよ」

「ま、そういうわけよ」

ユヴェンは肩をすくめてみせる。

同時にテオの周囲に纏わりついていた炎が消えていく。

テオはその場で床に手をついてうずくまった。

リンはその様を見て愕然《がくぜん》とした。

(テオが手も足も出ないなんて。見習い魔導師と学院魔導師だとここまで力の差があるのか……)

「私はもうすぐ中等クラスの認定を受けられるの。第六十四期生のうち、入学試験で『ライジスの剣』を発動できたのは私と貴方だけだけれど……、ずいぶん差が開いちゃったわね」

「……すぐに追いつくさ」

「どうかしら？　学院の科目はとても難しいのよ。貴族でもない、まともな師匠もいないあなたが、はたしてそんなに上手くいくかしら？」

そう言いつつもユヴェンはテオに一目置いているようだった。リンは二人がライバル関係なのだと悟った。

(あれ？　でも『ライジスの剣』って僕も発動したような……)

そう思ったがリンは黙っていた。二人の間にピリピリした空気があって、とても口を挟めるような雰囲気ではなかった。

「貴族ったって下級貴族じゃないか。平民と大して身分も変わらないだろ」

「変わるわよ。下級貴族とはいえ、れっきとした貴族なんだから。テオ、あんた私の素性に関して変なこと言いふらしたらブッ殺すわよ」

「しねーよ。そんな趣味悪いこと」

「そう。ならいいわ」

「ユヴェン様！　もうすぐ『物質生成』の授業が始まりますよ。教授は時間に厳しい人です。こんなところで油を売っていては単位を取れませんよ」

「わかってるわ師匠。今行こうとしていたところよ」

リンは二人のやりとりに目を丸くした。

これではまるで師匠の方が従者《じゅうしゃ》のようではないか。

(これが貴族待遇ってやつか)

リンとユインの間柄とは大違いである。

「まあ、そういうわけだから。私はあなたと違って忙しいの。もう行くわ。ごきげんよう」

ユヴェンは階段を駆け下りていく。彼女の師匠も後について行く。結局ユヴェンがリンに対して何か声をかけることはなかった。

「今の子、貴族だよね?」

「ああ。白銀の留め金見ただろ? 貴族の奴らはみんなあれを付けてるんだ。そういう決まりがあるわけでもないけどさ。ほら、貴族って身分を誇示するのが好きだろ」

「すごいねテオ。貴族の知り合いがいるなんて」

「別に。同郷で同い年なだけだよ」

「幼馴染ってやつ?」

「ただの嫌な奴だよ」

「……そうみたいだね」

(アトレアとはえらい違いだな……)

リンは彼女の冷たい態度を振り返りながら思った。

（なんで僕は彼女をアトレアと見間違えたんだろう？　性格から外見まで全く違うっていうのに）

リンは首を傾げた。

「僕たちも行こう。入学式始まっちゃうよ」

「魔法語を解する者は、レトギア大陸に存在するあらゆる言語を理解することができ、一方で魔法語を解さない者にも自らの意思を伝えることができる。君達が全く異なる民族、異なる言語圏、異なる国家間の人間同士であっても、隣人のように気軽に会話できるのはこの偉大なる魔法語と、それを編み出した大魔導師ガエリアスのおかげである。彼の功績はそれだけにとどまらない。彼は人間や生物以外の存在も、わずかながら彼ら自身の言語を発していることに気づき……」

ここは入学式の会場。一堂に集められた新入生達が椅子に座り、壇上で話している学院長の話を聞かされていた。

リンは始めこそ真剣に耳を傾けていたものの、大して内容のない話だと気付くと途中からは聞き流していた。

「この学院は、ガエリアスの残した偉業をまとめ発展させるため彼自身によって創設されたものだ。現在、レトギア大陸において魔法の授業を開くことができるのはこの学院だけだ。それはなぜか。学院が平等と公平を理念にしているからだ。我々協会と学院には資質あるすべての者に魔導師の才能を開花させる義務がある」

学院長は特に『平等と公平』の部分に熱を込めて話した。

「同時に、その魔導師のレベルを世間に対して示す義務がある。そのためにあるのが階層制度だ。百階層から千階層まで、それぞれの階層にたどり着いて住みつくには、そのレベルに応じた魔法を習得している必要がある。逆に言えば居住している階層でその魔導師のレベルが分かるということだ。君達は今後あらゆる誘惑に打ち勝ち勤勉の精神を持って、この塔の千階、魔導師の頂点でもある『天空の住人』を目指し邁進《まいしん》しなければならず……」

リンは学院長の話よりも、先ほどすれ違ったユヴェンという少女と彼女の言っていたことが気になり、思い返していた。


——貴族でもない、まともな師匠もいないあなたが、はたしてそんなに上手くいくかしら——


(あれは一体どういう意味なんだろう?)

考えてみても答えは一向に出ない。彼女の言ったことは、リンの頭の中からなかなか離れずグルグル回っていた。

「私からは以上だ。では諸君の健闘を祈る」

学院長が厳《おごそ》かに言って壇上から降りる。

「では次に今年度高等クラス首席であるティドロ・サンジェスからの祝辞の言葉です」

すると壇上に赤髪の精悍な顔つきの学院生が現れる。リンはその顔つきを見て一目で実力者だと分かった。自信に満ちた表情と落ち着き払った重厚な物腰には、すでに一廉の人物を思わせる風格が備わっていた。彼は学院長よりも魔導師として格上なんじゃないだろうかとリンは思った。

「えー、新入生の皆さん。入学おめでとう。同じ道を歩む仲間が新たに増えて嬉しいよ。この学院に入学しようとする動機は人それぞれだ。この塔のできるだけ高い場所を目指そうとする者、故郷や地方に任官して役に立とうとする者、あるいはまだ進路について決めかねている者。正直、大層な志なんて無く、なんとなく魔導師になろうとしている者もいるだろう。しかし……」

ティドロは一旦言葉を切って会場を見回した。彼の鋭い眼光に晒された新入生達の間に、なんとも言えない緊張感が走る。リンも思わず背筋を伸ばした。

「そんな中途半端な奴らは放っておいて、志ある者はさっさと高位魔導師を目指し研鑽《けんさん》を積むべきだ」

会場が静まり返る。ティドロはにっこりと笑って話を続けた。

「いつまでも歩みあぐねている者に構っていても仕方がないからね。君達はまだ一年目だ。だが一年目だからといって遠慮することはない。君達が受講することができる科目の中には中等クラス、高等クラスの授業と合同で行われるものも存在する。特に魔獣蠢《うご》めく『ヘディンの森』探索チーム、これは是非とも皆に目指して欲しい。本来『ヘディンの森』に入ることができるのは魔獣魔法の単位を修めた者のみ。しかし学期末テストの成績上位者には特別に『ヘディンの森』の探索チームに加わる権利が与えられる。初等クラスの君達が魔獣や精霊と接触できる機会はそれくらいだ。僕の所属するギルド『マグリルヘイム』も有望な新人を常に募集している。『マグリルヘイム』は学期末テストの成績上位者をスカウトするつもりだ。我こそはと思う者は是非この特権を勝ち取ってくれたまえ。人よりも頭角を表したいと思うのであれば、先手先手を打つことが大切だ。是非早く君達の力を見せてくれ。それが僕たちの刺激にもなる。僕からは以上だ」

ティドロは一礼して壇上から降りる。会場からは拍手が湧き起こった。みんな間違いなく学院長の話よりも真剣に耳を傾けていた。

（やっぱり首席ともなると凄い人なんだな）

リンは少し圧倒されながら話を聞いていた。同時に不安と焦りを覚える。なんとなく魔導師になろうとしている者とは、まさに自分のことではないか。一方で新しく湧いた意欲もあった。

学期末の試験で好成績を取れば、他の生徒より一足先に高位魔導師と交流できる。

（『ヘディンの森』の探索チーム……、そこに入ることができればアトレアに会えるのかな）

13. 学院都市

入学式が終わった後、リンとテオは学院都市アルフルドの繁華街に繰り出した。

アルフルドは素晴らしい街だった。

立ち並ぶ建物は木造りに赤い屋根で、いずれも瀟洒《しょうしゃ》な雰囲気を醸し出している。

街行く人々はローブを着た魔導師ばかりだった。

水を汲むのにも給仕を使っている店なんてない。

店でも魔導師達は呪文を唱えるだけでグラスに水を満たすことができ、注文した食べ物もひとりでに出現する。

人々の移動手段はもっぱら馬車で、街の遠くにもすぐに行けるようになっている。

レンリルでは滅多に見かけることがない妖精が、街のどこでも目にすることができて、街中に魔力が充満しているのが分かった。

リンは広場で泉に手を浸している人達を見かけた。

不思議に思って同じことをやってみると、魔力が回復するのを感じた。

レンリルの神殿と同じ効果があるようだったが、こちらの方がはるかに早く、そして効率的に回復できた。

アルフルドの中で最も重要なのは商店ひしめく繁華街だ。

一階建ての店ばかりだったレンリルと違い、アルフルドの商店はいずれも高層の建物だった。

魔導具の店には多種多様なアイテムがひしめき合うように置かれており、その品揃えはレンリルの店とは比べ物にならないほどだった。

効率よく魔力を回復できるスポット、溢れんばかりのアイテムが売られている商店街。

これらを見せられた後となっては、魔導師として修行するならこの街を拠点にする以外ありえない、そう思わざるを得なかった。

リンは、なぜレンリルが塔の街の中で最もレベルの低い街とみなされているのかよく分かった。

リンは杖屋にも行ってみて、ユヴェンの使っていた『トンニエの杖』を探してみる。

『トンニエの杖』はすぐに見つかったが、値札には50万レギカと表示されていた。

(高い……)

リンの一年分の給与よりも高かった。

これでは、たとえ質量魔法の単位を取ったとしても装備することはできないだろう。

その他のアイテムも見回してみたが、いずれもレンリルに置いてあったアイテムとは一桁違う値段だった。

リンは肩をガックリと落として店を後にする。

「帰ろうぜ」

街を一通り見た後で、テオがリンに言った。

リンは賑やかなアルフルドの街並みを顧《かえり》みる。

街行く人達はみんな楽しそうだ。

まだ帰りたくなかった。

「テオ。ごめん。もうちょっとここにいたいんだ。先に帰っていてくれる?」

テオは少し不満そうな顔をしたが、了承した。

「まあいいけどさ。多分楽しくないと思うぜ」

二人は途中で別れた。

リンはしばらくアルフルドの街をさまよい歩いた。

そこかしこでパーティーが行われていて、この祝すべき門出の日に街はどこもかしこも浮ついた気分だった。

リンは街の掲示板を見てみた。

そこには新入生歓迎パーティーのポスターがたくさん貼り付けられていた。

当日にもかかわらず、飛び入りで参加者を募《つの》っているパーティーも結構あるようだった。

リンはポスターの一つ一つに目を走らせる。

これだけたくさんあれば、自分の参加できるパーティーが一つはあるんじゃないだろうかと。

一枚の紙にはこう書かれていた。

『新入生のパーティー参加者募集中。当日飛び込みも可。ただし参加できるのは貴族階級のみ』

もう一つのポスターにはこう書かれている。

『新入生のパーティー参加者募集中。ただしパーティーに参加するためには10万レギカ必要です』

別のポスターにはこう書かれていた。

『ギルドのメンバー募集中。新入生歓迎パーティーを開いています。身分に関係無く参加費も必要ありません。ただし妖精魔法・中級を習得していることが条件です』

リンは掲示板にあるポスターをくまなく見てみたが、参加できるパーティーはなかった。

仕方なくリンは帰路に着いた。

帰る途中で、新入生らしき女の子が優しそうな先輩魔導師に連れられて、パーティー会場に入っていくのを見かけた。

リンは胸が詰まるような気持ちになる。

(テオの言う通りだったな。さっさと帰っていればよかったよ)

リンはアルフルドの街並みを横目に見ながら、レンリル行きのエレベーターに乗り込んだ。

リンが呪文を唱えようとすると、黒いローブを着た大人の魔導師が駆け込んできた。

「ちょっと待ってくれ。私も乗せてくれ」

リンは呪文を唱えそうになるのを止めて、彼が乗り込むのを待った。

「ふう。ありがとう。助かったよ」

「いえ。どういたしまして」

彼はにっこりとリンに向かって微笑みかけてくる。リンは彼が学院の教員であることに気づいた。

「ん？　君は新入生だね。パーティーには参加しないのかい？」

「その……参加できるパーティーが無くって……」

リンは顔を赤くしてうつむきながら答えた。

教員はハッとした顔になる。

「そうか。君はレンリルから来たのか……」

彼は少しバツが悪そうにした後、言った。

「大丈夫だよ。身分や貧しさなんて気にする必要ないさ。ここは才能さえあれば魔導師としていくらでも出世できる」

「才能のない子はどうなるんですか？」

教員はその質問には答えず、壁の方を向いてタバコをふかし始めた。

14. 科目選択

師匠に科目選択について相談するため、リンとテオは魔導師協会アルフルド支部に来ていた。

しかし、それぞれの部屋から出てきた二人の顔は浮かなかった。

「お疲れ。お前の師匠なんて言ってた？」

「ダメだった。前と同じだよ。全然相手にしてくれなかった。『学院の試験に受かったからなんだ。魔法文字を読めるやつなんてゴマンといる』ってさ」

「チッ、やっぱりか。俺も似たようなもんだ。この学院地区も自力でクリアするしかねーな」

テオが舌打ちまじりに言った。


師匠と会った後、リンとテオは魔導師協会アルフルド支部の厚生課に行って、奨学金の手続きをしに行った。

担当者は分厚いメガネをかけて常に目を細めている神経質そうなおじさんだった。

「うむ。これで提出する書類は全てだ」

彼はかけているメガネを微調整しながら書類を用心深く見直している。

「学院の試験に合格したものは今後六年間、奨学金の返済を猶予《ゆうよ》される」

（今から六年後に借金の返済が始まるってことか）

テオは説明を聞きながら頭の中で思考を巡らせた。

（今の俺たちの給料じゃ借金を返しながら生活するのはキツイ。できれば六年以内に卒業して、もっといい仕事に就きたいところだな）

「学院の試験に合格した君達は見習い魔導師用の貸出制度だけでなく、学院生用の奨学金制度も利用できる。学費、教科書代、その他授業に入り用な魔導具類などなど、学業のために必要な費用とみなされれば、どんなものであっても融資を受けられるだろう。ただし……」

担当者はそこで言葉を切ると、二人をギロリと睨む。

「魔導師協会は貸した金についてはどんな手を使ってでも回収する。どんな手を使ってでもだ！そのことを肝に銘じておくように」

協会を後にしたリンとテオは、レンリルへの帰り道、配布された科目要項を見ながら選択する授業について話し合った。

「エリオスは無課金の授業だけで卒業できるって言ってたけど、金額と照らし合わせて投資する価値のある授業だったら、有料でも受けるべきだと思うんだ」

テオが言った。

「なるほど」

リンは基礎科目を用紙に記入した後で、課金科目にも目を通してみる。

「凄い色々あるね」

科目要項の一覧にはおびただしい数の授業が掲載されていた。『呪文学』『光魔法応用』など、いかにも魔法の授業らしいものから、『論理学』『国際情勢』『塔の歴史』など一般教養、さらには『ニヨリミミイカの生態』『古代ユシタニア王国碑文《ひぶん》の謎』といったマニアックな授業もあった。

「綿花魔法

服飾魔法の一種で、綿花から魔法の服を作る授業です。

アイテム『コドルの針』を使いこなせるようになることが目標です。

魔法を習得すれば服飾系ギルドへの加入に有利です。

また三大国の一つ、ウィンガルド王国と繋がりの深い服飾系ギルド『王家の仕立屋』への加入者多数。

受講料50万レギカ」

「建築魔法・初級

魔法で作れる家屋のうち、最も基礎的な材質アイテム『アンセン』を利用した家屋を作れるようになります。建築魔法の入門として良い上に、習得すればレンリルで建築の仕事を受注できるようになります。

また三大国の一つ、ラドスと関係の深い流通系ギルド『船の道』への輩出者多数
受講料30万レギカ」

「鍛冶魔法・初級
鍛冶魔法によって鉄から作り出される剣のうち、『セアラの剣』の製作を目指す授業です。

習得すれば『セアラの剣』を作れるようになります。

また三大国の一つ、スピルナと関係の深い鍛冶系ギルド『戦場の武器屋』への加入者を多数輩出しています。

受講料20万レギカ」


他にも宝飾魔法、園芸魔法、造船魔法、築城魔法、菓子魔法などなど、ありとあらゆる魔法の授業が用意されていた。

リンは課金科目を見ているうちに、いずれもアイテムやギルドを売りにしていることに気づいた。

いずれの授業も使えるようになるアイテムと、ギルド加入者の輩出実績を売りにしている。

(やっぱり魔導師にとってギルドに加入できることが重要なんだな)

「あ、有給の授業もあるんだね」

リンは有料の授業に混じって、給与の発生する授業が掲載されていることに気づいた。

「有給の授業って、授業に出ると給料が出るってことか？　何じゃそりゃ」

リンは有給の授業の一つ『機巧魔法・初歩』の説明文に目を通してみる。

『塔上層の高級知能職、機巧魔導師になるために必要な知識習得を目指す授業です。従来、魔法さえあれば機械は必要がないものと考えられてきましたが、ここ数年で妖精や精霊よりも機械に任せた方が効率的な作業があることが分かりました。今後、確実に需要が増加するであろう機巧魔導師の技能をいち早く身につけるためにも、初等クラスから取れるこの授業を受けましょう。なおこの授業内での作業は魔導師協会からの依頼を含んでいるため、作業量に応じて給与が発生します』

説明はここまでで、その後は課金科目も顔負けの煽り文句がずらずらと並んでいた。

『基礎から実践的な技術まで身につけられる！』

『未経験でも安心！　実際の作業を通して担当者が懇切《こんせつ》丁寧に教えます！』

『勉強しながら学費負担も軽減できる一石二鳥の授業です！』

『歩合制なので頑張れば頑張るほど稼げる。能力があれば授業に出るだけで年収１００万レギカも？』

『和気《わき》藹々《あいあい》とした現場です。』

『学院一年目から機巧魔導の現場を経験できるのはこの授業だけ！』

もはや授業の説明というよりも職場のＰＲのようだった。

（あ、怪しすぎる……）

「ねえテオ。さすがにこれは胡散臭いと思うんだけど。『未経験』とか『作業』、『現場』……どう考えても学校の授業に似つかわしくない言葉が並んでるよ」

「うーん。まあ、タダで受けられるみたいだし。とりあえず初めの授業だけでも出てみようぜ。それで本当に稼げないようなら、すぐやめればいいし」

「……うん」

（大丈夫かな……）

リンは一応了承したものの、何か変な罠があるような気がしてならなかった。

リンがページをめくっていると『物質生成魔法』の欄に行き着く。

（あ、これってあのユヴェンって子が使っていた魔法だ）

リンは授業の説明欄を読んでみた。

『魔力そのものを物質に変換できる魔法、物質生成魔法を学ぶための授業です。従来より運用が難しく、しかも物流系の魔法で代替できるため、重要視されていなかった物質生成魔法だが、十年前、三百階クラスの魔導師セディアックが効果的な運用方法を発見したことから、にわかに脚光を浴び始める。ここ十年で急速に発展しているこの分野は、他のあらゆる魔法の応用にも波及する可能性を秘めており、塔の上層を目指したいのであればマストな分野と言え、……』

（この授業はギルドへの加入実績をアピールしていないんだな）

「何見てんの？」

テオが覗き込んでくる。

『物質生成魔法』の科目要項だよ」

「あー、ユヴェンが受けてた授業か」

テオが面倒くさそうに言う。

「あ、でもこれは選択科目だから課金が必要だね。受講希望者は10万レギカ必要って書いてある」

リンの約二ヶ月分の給料だった。

「何か気になんの？」

「うん。この授業は他の課金授業と違ってギルドへの加入実績をアピールしていないんだ。なのに貴族の子が受講してる。なんでだろうなーって思って」

「なるほど。それはちょっと妙だな」

テオも考え込む。

リンは悩んだ。

エリオスは有料の授業には気をつけた方がいいって言っていた。けれどもユヴェンの言葉も気になっていた。

――貴族でもない、まともな師匠もいないあなたが、はたしてそんなに上手くいくかしら？――

あの時彼女が言っていたのはどういう意味なんだろう？　彼女と同じ授業を受ければその答えが

分かるような気がした。

エリオスの言っていたことと、ユヴェンの実行していること。一方は課金が必要で、もう一方はそうでもない。果たしてどちらの考えに従った方が得策なんだろうか。

ふとリンがテオの方を見てみると、要項を見ながら口元に手を当てて考え込んでいる。テオもこの授業が気になるようだ。

(どうしたものか)

リンが迷っていると、おもむろにテオが授業を選んだ。手には『物質生成魔法』の授業カードが握られている。

「テオ？」

「この授業が気になるんだろ？　お前の勘当たってると思うぜ」

テオは呪文を唱えてカードに宿る妖精を喚起する。

「エリオスの言うことなんて当てにならないさ。どうせ経験してみなけりゃ何もわかりはしないんだ。とりあえず飛び込んでみよーぜ」

テオの喚起した妖精は提出用紙に文字を刻んでいく。

「この後エリオス達と会うんだろ？　お前も授業選択で口出しされる前にさっさと決めちまえよ」

「なるほど。それもそうだね」

リンも『物質生成魔法』のカードを手に取って呪文を唱えた。カードは青い炎となる。熱はない。

リンの手元から提出用紙に向かって行き、文字を刻む。

結局リンは基礎魔法全般と機巧魔法、物質生成魔法の授業を受講することに決めた。

受講希望の用紙に記入事項をすべて記すと、最後に用紙の妖精を喚起する。

「紙に宿る妖精よ。この時間割を魔導師協会の書棚まで運んでおくれ」

記入用紙は青い炎となり、魔導師協会アルフルド支部の建物まで飛んで行く。

15. 学院初日

学院初日、リンとテオは初めての授業を受けるために『質量魔法』のクラスに来ていた。

リンとテオが来た頃には、すでに大勢の生徒が教室に詰め掛けていて混雑していた。

「スゲー人だかりだな」

テオが鬱陶《うっとう》しそうに言った。

教室には数十人の生徒が詰めかけていた。

一人で所在無げにウロウロしている子もいれば、集団で輪を作っておしゃべりしている生徒もいる。

雑然とした雰囲気の中で、リンとテオはどうすればいいかわからずたむろしてしまう。

突然、教室に野太い大人の怒鳴り声が響き渡った。

「何をしている⁉　席につけ！」

生徒達は一様にビクッとする。

リンが声のほうを向くと、黒いローブに杖を持った教員らしきおじさんがいた。

短く切った髪に、左目には眼帯をして、顎《あご》には青い髭《ひげ》の剃《そ》り跡が見え、威厳がある感じの人だった。

「ここは塔の学院だ。魔導師としての階級が全て。貴様らまだ学院も卒業してないひよっこ魔導師だろうが。教室でダラダラしようなんざ十年早い。少なくとも俺の授業では平民だろうが貴族だろうが、秩序を乱したやつはその場で鞭打ちだ。分かったらさっさと席につけ」

生徒達はそれまでのダラダラした雰囲気から一変して、そそくさと席に座り始める。

生徒全員が席に着いたところで授業が始まった。

「私が質量魔法の教員、グラントだ。これから一年を通して教えていくことになる。あらためてよろしく。さて、この授業では質量魔法の基礎を習得し、『質量の杖』を使いこなせるようになることを目標とする。単位を取得すれば一トンの荷重に耐えうる杖『トンニエの杖』を装備することが許可される。使いこなすといっても、ただ重いものを持ちあげられればいいというわけではない。直線運動、放物線運動、円運動、回転などなど、物質に様々な運動を加え、自在に操れるようでなければ使いこなせているとは言えない。高位魔導師ならば杖だけでこれらをこなすことができるが、まあ君達には無理だろう。まずは魔法陣を利用することになる」

教授は杖の先に光る魔法陣を出現させると、傍にある鉄球を杖で浮かせ、回転させてみせる。

鉄球はその重量にもかかわらず一定の高さと位置にとどまりながら、高速で回転している。

リンは鉄球の回転速度と安定感に驚いた。

彼も暇な時間に杖で物体を浮かせて回転させる遊びをよくしていたが、その回り方はもっと不安定で遅かった。

「このように鉄球を一定の高さと一定の速度で回転させられれば単位取得だ。できなければ留年。年度中に目標を達成したものについては、いつでも私に申し出るように。その時点で単位取得とする。何か質問はあるか？」

グラントは自身の手に持っているノートから目を離して教室中を見回した。

「質問はないようだな。では授業を始める。まず魔法陣の出し方からだ。教科書の十ページを開くように」

グラントはそう言うと黒板に魔法陣を描き始め、その図形や記号の魔法的意義や及ぼす効果について詳細に解説し始めた。


授業終了のチャイムが鳴った。

グラントは教科書を閉じる。

教室全体になんとなくホッとしたような雰囲気が流れた。

「最後に言っておくがな。毎年、受講者のうち半数は進級できずに留年する。はじめに言ったように貴族平民の違いはない。どんな国のどんな身分の奴であろうと成績が絶対だ。落第したくなければ、せいぜい気を引き締めて勉学に励むように」

グラントはニヤリと笑みを浮かべる。

教室にいる生徒達は再び緊張して、気を引き締める。

グラントは一人一人の顔を見て、自分の言ったことが全員に行き渡っていることを確認すると、満足した。

「では本日はここまでだ。次の授業までに各自教科書の二十ページまで予習しておくように」

グラントはそう言うと、ささっと自身の持ち物を片付けて教室を後にしようとするが、ふと扉の前で立ち止まった。

「ああ、そうそう。言い忘れていたが、この授業で最も優秀な成績を収めた者には『トンニエの杖』が進呈《しんてい》される」

平民階級の貧しい生徒達が一斉に反応する。

リンも反応した。

「質量魔法だけじゃない。他の基礎科目でも成績優秀者には、店で買えば50万レギカ相当のアイテムが無料で手に入る。お勉強を頑張ったご褒美というわけだな。ま、せいぜい勉学に励みたまえ」

授業が終わると生徒達はそれぞれの行動に移る。

一息ついて休憩する者。

友達とのおしゃべりを再開する者。

さっさと片付けをして次の授業が行われる教室に向かう者。

リンはテオと一緒に教室を出ながら、授業の感想について話し合った。

「テオ聞いた？　高成績を取れば『トンニエの杖』がもらえるって」

「ああ、でも半数近くは単位を落とすってことだからな。気を引き締めねーと。次の授業は何だっけ？」

「ちょっと待って。『出でよ、学院の書』」

リンが呪文を唱えると分厚い本が出現してリンの手元に収まる。これが学院生になった者が使える新しい魔法だった。学院の書には時間割、科目要項、学院の地図など学院生活を送るのに欠かせない情報が全て詰まっていた。授業の時間変更や教員からの連絡事項などは随時リアルタイムに更新されていく。リンは本日の時間割が掲載されているページをめくる。

「次は『機巧魔法初歩』か。この授業は五十八階の第二番教室だね」

「よし、行くか」

リンとテオは道筋を確認してから教室を出て、五十八階にたどり着くエレベーターに乗り込んだ。

「『機巧魔導初歩』ってどんな授業だっけ？」テオがリンに聞いてきた。

「あれだよ。出席すれば給料が出る授業」

「あ〜、あったなそんなやつ」テオは今思い出したように手を叩く。

「あのいろいろ胡散臭い謳《うた》い文句があったやつか」

「そう。それだよ」

「じゃあ気をつけなきゃな」

『機巧魔導初歩』が行われる教室は百人以上の人間が収容できる大きな部屋だった。広々とした空間に所狭しと机が並べられているが、それにもかかわらず、ほとんどの席が埋まっていた。

「もう二人で座れる場所はないね」

「仕方ない。一人ずつ座ろう」

リンとテオは別れて空いている席を探した。

リンは机の間をうろついているうちに、教室にいる生徒が皆ローブに金色の留め金をしている平民階級であることに気づいた。それもかなり貧しそうに見える。

リンは空いている席がないかどうかキョロキョロしながら、教室の奥の方へと歩いていく。

すると一つ空席を見つけた。ただ隣に、妙に小汚い生徒がいた。

学院生の証である紅のローブを着ているが、いたるところが煤まみれでローブの内側に着ている衣服にも汚れや破けた跡が見える。もう何年も同じ服を着ているようだ。

リンは少し怖かったが声をかけてみることにした。

「あの。ここ空いてますか？」

「おう。空いてるぜ。座れよ」帰ってきたのは意外にも朗《ほが》らかな声だった。

「はい。ありがとうございます」

リンは素直に彼の申し出に従った。

座った後でもう一度彼の方を見た。

黒い髪は伸びきって肩まで垂れ下がっている。口元には無精ひげがボーボーに生えていた。

それがまたダンディに見えなくもないが、問題は彼がどう見てもおっさんなことだった。

「あの……」

「ん？　なんだ」

「僕は初等クラスの魔導師なんですが、もしかして教室間違ってます？　ここって高等クラスの教室だったりとか……」

「いや、初等クラスであってるぜ」

リンは首をひねった。その割に彼は妙に年を取っているように見える。

（いやいや、人を見た目で判断しちゃダメだよ。ちょっとヒゲが生えるのが早いだけで、案外僕と同じくらいの歳かもしれない）

リンは探りを入れてみることにした。

「なんか初等クラスの割には、年長っぽい人がいっぱいいる気がしませんか？」

「留年して何年も初等クラスから抜け出せない奴らがいるんだよ。ま、かくいう俺もその一人だがな」

「は、はあ」

リンは何と答えていいかわからず、言葉を詰まらせてしまった。

「お前は見ない顔だな。この授業は初めてか？」

「ええ、そうなんですよ。あ、僕は学院一年目のリンって言います」

「俺の名はシャーディフ。もうかれこれ学院に二十年以上在籍している」

「にっ、二十年⁉　二十年も初等クラスにいるんですか？」

「まあな。いわゆる古参ってヤツだ」

「いや……古参って……」

「お前も気をつけろよ。この学院は下手すりゃ底なし沼だ。ぼんやり授業を受けているとすぐに俺みたいになっちまうぜ」

（レンリルと同じじゃないか……）

リンはレンリルにいた、あの安物を買うことに異常なこだわりを見せるおじさんを思い出した。

見渡してみると、この教室にいる人間は誰も彼も人生の敗者のように落魄《らくはく》していた。リンは早くもこの授業に不安を覚え始めた。


機巧魔法初歩の授業一回目は、科目要項に書いてあることを殆どそのまま説明されただけだった。

実際の作業を通して機巧魔法の実践的なスキルを学ぶことができること。授業での成果は労働とみなされて給与が発生すること。

説明を聞き終わったリンとテオは、教室を出てレンリル行きのエレベーターに向かった。今日の授業はこれで終わりなので、二人はアルバイトまでの時間をレンリルの食堂で潰すことにした。

「なんだよ、科目要項に書いてあることをそのまま喋っただけじゃん。これなら一回目は出る必要無かったな」

「ねえテオ。さっきの授業どう思う？」

「うーん。なんか、おっさんが多かったな」

「だよね。隣に座った人と話したんだけれどさ。何回も留年している人がいっぱいいるみたいなんだ。やっぱりあの授業怪しくない？」

「うーん。それは実際の作業とやらをしてみないとなんとも言えないな。それよりもこの後、仕事まで時間あるし、図書館でも見にいこーぜ」

「ねえテオ。あの子……」

身を翻《ひるがえ》して図書室につながるエレベーターに行こうとするテオをリンは引き止めた。テオの行こうとした方向に、見知った人物がいるのを見つけてしまったからだ。

リンの指差す先には入学式の前にすれ違った少女、ユヴェンの姿があった。

彼女は今からこの階の教室で授業を受けるようだ。

「げっ！」

テオはユヴェンの姿を認めるなり苦々しい顔をして呻《うめ》いた。

彼女は付き添いの師匠を伴って、悠々と廊下を歩いている。その優雅な立ち居振る舞いは貴族の令嬢そのものだった。

「おい、あんまりあいつと目を合わせんな。気づいてないふりしてやり過ごすぞ」

テオは顔を伏せてリンに耳打ちした。彼女に会いたくないようだった。

「うん」

リンも今は彼女に会いたくなかった。彼女に自分の出で立ちを知られれば、嫌な思いをする気がしたからだ。

彼はいまだに自分の身分を知って露骨に態度を変えてくる連中に対して、どう振る舞うべきなのか答えを出せないままでいた。

16. 学院生活

学院の授業が本格的に始まり、リンのレンリルとアルフルドを行き来する生活が始まった。

朝早く起きると学院に行くためにドブネズミの巣からレンリル、レンリルからアルフルドへのエレベーターを乗り継ぎ、学院まで一時間近くかけて登校する。

その後、授業を受けて放課後になるとレンリルの工場で働く。

工場で夜遅くまで働くとドブネズミの巣に帰って死んだように眠る。

そしてまた朝早く学院に登校する。

この繰り返しだった。

住居と二つの街を巡る生活はそれなりにハードなものだった。

リンは今日も昨夜の労働の疲れが抜け切らぬまま、寝ぼけ眼で授業を受ける。

質量魔法実技の授業。

リン達は鉄球を直線に転がす訓練を受けていた。

サッカーのパスをするようにペアを組んで、鉄球を相手の方に転がして、受け渡しする。

「物質を速く正確に動かすことだ。誤差一センチ以下の精度でなければ直線運動を習得したとは言えん。それができない者に次の魔法は教えんぞ」

リンはより正確なイメージで鉄球を動かすことに苦戦していた。

(精密に動かすことがこんなに難しいなんて)

自分のペースで自由に動かせる工場での労働と違い、なかなか上手くいかない。

リンは地面に引かれた線に沿って鉄球を動かそうとするが、少しでも集中力を損ねると鉄球は線からはみ出してしまう。

横を見るとテオも上手くいかず苛立《いらだ》たしそうにしていた。

質量魔法の授業では、この後にもクリアするべき課題が残っている。

学院二年目の子達は少し離れた場所で曲線運動や投擲《とうてき》の訓練を受けていた。

(ユヴェンは一年でこの授業の単位を取ったのか)

リンは集中力を高めようと杖を構えるが、疲れからどうしても気合が入らない。


妖精魔法の授業。

教授のケイロンが教壇に立ち黒板に板書《ばんしょ》しながら講義する。

「最も一般的な妖精魔法は炎や水、空気を操ること。妖精は温度を変化させたり、重さのないものを動かしたりするのが得意ですからね。逆に妖精が苦手なのは重いものを動かすことです。例えば鉄など金属に宿る妖精は、非常に静かで喚起しにくいものです。そのため魔導師は重いものを動かすのには杖を使った力学魔法を、金属の加工には魔法陣を使った冶金魔法をそれぞれ用います。精霊と妖精との違いですが……」

（ケイロン先生は優しいけれど課題やテストが多いんだよな）

リンはウトウトしそうになるのを我慢して、ノートを書く手を忙《せわ》しなく動かした。

うっかり眠ってしまえば、課題や次回授業のテストに差し支える。

（頑張らないと。この授業で高得点を取れれば『フラムの魔石』が手に入るんだから）

リンはこのあと控えている課題と復習を円滑に行うために、せっせとノートを書く手を動かした。

「情報収集？」

放課後、アルフルドの広場の泉。

リンは今しがたテオが言ったことを怪訝そうに聞き返した。

「ああ、どうも今のままじゃまずい気がする」

二人は広場にある泉の水に足を浸しながら雑談していた。

泉はアルフルドにおいては珍しく、身分や財産の関わりなく利用できる憩いの場だった。

もっとも、裕福な貴族達は店で出される水を飲んで魔力を回復することを好んだが。

　二人は授業で消耗した魔力を回復するために、こうして泉を訪れることが日課になっていた。

「学院に入って一通り授業を受けてみたけれど。今後、どの授業を受けてどのアイテムを買っていけばいいのか全くわからない」

「気が早すぎるんじゃない？　そんな先のことを考えるなんて。僕らまだ学院生だよ」

「ダメだ。それじゃ貴族の奴らに対抗できない。考えてもみろ。貴族達は金にモノを言わせて課金授業をたくさん受けてるんだぞ。当然俺らよりもたくさんの魔法を習得できる。ただでさえ俺達は入学があいつらよりも遅れてるんだ。このままじゃ差は開いていく一方だぜ」

　泉の前を貴族階級の女の子が通り過ぎていく。

　彼女はたくさんの高価なアイテムを身につけていた。

「エリオス達は基礎科目だけで十分て言ってたけれど、僕はそうは思わない。人と違うことをしなきゃ成果に差をつけることなんて出来やしないんだ。そのためにも今はもっと情報が必要だ」

「でもさ。情報収集している時間なんてないよ。授業を受けてるし、授業の後は課題と仕事があるんだから」

「うん。だからアルフルドに引っ越そうぜ」

「アルフルドに？」

「今の生活だと何度もエレベーターに乗り継がなきゃならない。行き帰りで一日に二時間、年間にすれば七百二十時間だぞ。絶対無駄な時間だって。アルフルドに引っ越して仕事もそこですれば、一つの街で全部完結するだろ？」

「でもアルフルドは物価が高いよ。僕らの給料じゃやっていけない」

リンはアルフルドの瀟洒《しょうしゃ》な街並みに始めは心奪われたが、その物価の高さを見て顔を真っ青にした。

アルフルドの物価はレンリルの二倍から三倍だった。アルフルドでしか売っていない魔導具だけ、そんな値段かと思いきや、レンリルでも売っている何の変哲もない日用品でもはるかに高い値段となっていた。リンはどうして置いてある場所が違うだけで、こんなにも値段が変わるのか理解できず混乱した。

そして肝心の給与水準はというと、レンリルと大して変わりはなかった。

「うん。だからアルフルドの物価に耐え得る給料が出るギルドか、あるいは職業に転職するんだ」

「なるほど。で、肝心のその職業っていうのは？」

「それも今から情報収集して探す」

リンはちょっと笑ってしまった。

「つまり君が言ってるのはこういうことだよね。情報収集する体制を整えるために情報収集すると」

「まさしくその通りだ」

「なんかすごい遠回りな気がするんだけど」

「そう言うなよ。よく言うだろ。『急がば回れ』ってさ。地道に積み重ねていこうぜ」

「それよりも授業で高得点を狙う方が良くない？　ギルドに加入する際のアピールにもなるし。成績最優秀者はアイテムも貰えるよ」

『トンニエの杖』、『ルセンドの指輪』、『フラムの魔石』『治金石』などなど、授業で高得点をとればもらえるアイテムは、どれもこれも店で買えば50万レギカはする代物だった。

リンにとっては、いずれも喉から手が出るほど欲しい高級品だ。

「目先の金やアイテムのために時間を消耗するのは愚《おろ》かな考えだよ。身軽でないと有利に立ち回ることなんてできない。今、必要なのは金よりも時間だ。この場合はね」

「うーん」

「何かいい方法があるはずだ。そのためにも今は体制を整える時だ」

テオはアルフルドの街並みを睨みつける。

必ずこの街を攻略してやると言わんばかりに。

リンは溜息をついた。

「分かったよ。当面は情報収集とアルフルドに引っ越すことを目標にしよう」


二人はほんの少しの休憩時間を終えると、レンリル行きのエレベーターに乗るため、巨大樹のターミナルへと向かった。

そこで貴族の一団と鉢合わせる。

リンがよく利用するこの乗り場には、二種類のエレベーターがある。

一つは九十階層、つまりはアルフルドの一等地へと繋がっている上りのエレベーター。

もう一つは十階層、つまりは工場地帯であるレンリルへと繋がっている下りのエレベーターだ。

貴族の一団は上りのエレベーターに乗り、リンは下りのエレベーターに乗る。

貴族階級の子息達は、皆一様におめかししてエレベーターに乗り込むところだった。

聞くところによると彼らは放課後、お茶会なる貴族専用のパーティーに出るらしい。

ある日、リンはよく一緒に工場のアルバイトに行くクラスメイトに尋ねてみた。

「ねぇ。貴族のお茶会ってさ。やっぱり楽しいところなのかな？」

「フン。貴族たちがお茶を飲みながらダラダラお話ししているだけだろ。別に行けなくても何の問題ないよ」

そう言いつつも、彼の顔には嫉妬《しっと》と羨望《せんぼう》の気持ちが滲み出ていた。

本当は自分も行きたくて仕方がないようだった。


エレベーターは動き出し、景色は赤を基調とした華やかで瀟洒な街並みから、灰色の無機質な街並みへと変わっていった。

リンはこれから始まる工場での労働に意識を切り替えなければならなかった。

（また今から工場で仕事か。そこから夜遅くまで働いて、寝て起きて学院の授業。そして、そのあとはまた工場でバイト……）

今日も明日もこんな生活が続く。

自分が工場で働いている間、お茶会に出かけた貴族の子達、彼らは楽しくやっているのだろうか？

それを思うとリンは少し憂鬱《ゆううつ》になった。

なんだかんだで学院生活を楽しんでいるリンだが、この瞬間ばかりは気分が沈まずにはいられなかった。

（学院で魔法を修めればもっといい暮らしができるはず。それまでの辛抱さ）

そう思うしかなかった。

エレベーターの窓からは、レンリルのくすんだ灰色の街並みが見えてきた。

リンはアトレアのことを思い出した。

初めて巨大樹に触ってから、再び彼女の気配を感じることは一度もなかった。

アルフルドでも彼女と同じ白いローブの者は見かけない。

（ねえアトレア。君はどこにいるんだい？）

リンはしばらく見ていない彼女の姿を思い出そうとしてみた。

かすかな記憶を頼りに彼女の容姿を思い描いてみる。

しかし途中で彼女の顔は急にユヴェンの顔に変わってしまう。

リンは慌ててこの作業を中断した。

彼は急いで意識をこれから始まる工場の労働に切り替えた。

塔の中。アルフルドよりもはるかに高い場所。

リンがアトレアのことを考えていたように、アトレアもリンのことを考えていた。

その日、アトレアはまた巨大樹に手をかざして精霊に話しかけていた。

彼女にとってこれは月に一度のお勤めだった。

この時以外、彼女は巨大樹に宿る精霊に話しかけることは許されない。

(リンは巨大樹のそばにいない。そりゃそうよね。そういつもいつもタイミングが合うわけないわ)

彼女も彼女で、あの日以来リンの気配を感じることができないでいた。

彼女にわかるのは、リンがアルフルドまで到達したということだけだった。

「アトレア。いつまで精霊に話しかけているんだい？　もういいだろう」

黒いローブを着た、男か女かいまいち分からない人物がアトレアに話しかける。

「この後、君は塔の外に出張だろう。ぐずぐずしていると間に合わないぞ」

「ねぇテト」

「なんだい？」

「……いいえ、何でもないわ」

アルフルドに行ってもいい？

アトレアはそう言いかけて言うのをやめた。

彼女はレンリルとアルフルドに行くのを禁じられていた。

あいまいな理由で許可が下りるとは思えない。

それに、彼女にもアルフルドに行く理由は特に無かった。

17. 光の橋

魔導師の塔の生産活動を支えるレンリルの工場は今日もフル稼働している。

リンとテオは工場の片隅で作業に当たっていた。

「梱包材は間に合いそうか？」テオがリンに尋ねる。

「うん、もう直ぐ十三番エレベーターに乗ってやってくるって」

「よし。何とかこいつらを期日までに出荷できそうだな。ノルマ達成だ」

リンとテオの傍《かたわ》らには積み上げられた商品の山が置いてある。

これを明日までに出荷しなければいけない。船の出航は明日の午後五時が最終便。塔から船までこれだけの商品を運ぶには、少なく見積もっても六時間はかかる。できれば今日中、少なくとも明日の朝一番でエレベーターに乗せて、この工場から出荷しなければならない。

「これで明日は一日中時間が取れる」

「情報収集に専念できるね」

忙しない毎日だったが、悪いことばかりではない。

二人は以前より高度な作業を任されていた。給料もわずかとはいえ上がった。

テオはその有能な仕事ぶりから、単純労働だけでなくより高度な組み立て作業と、さらには工場の管理の一部を任されるようになっていた。今となっては五人～十人の部下を指揮する立派な管理職である。リンはいつも通りテオの助手として、彼の周りをうろちょろして仕事を補佐していた。

（いずれアルフルドに引っ越すためにも、今は日々の仕事をきっちりこなさないとね）

「ちょっとどいてどいてー」

「おい、押すなよ」

工場内は喧騒《けんそう》に包まれている。所狭しと人間が行き交い、品物を運ぶトロッコの線路の合間に各々作業スペースを取り合って、杖や道具、商品の部品が散乱しており、足の踏み場もなかった。

スペースの取り合いや部品の取り間違いで諍《いさか》いが絶えず、その様はさながら戦場のようだ。

テオも先ほどから、こちらの魔道具をくすねようとしている連中とやりあっていた。

激しい言い争いの末、相手を追い返す。

「ったく、油断も隙もねえ」

テオが肩をいからせながら言う。

「みんな急いでるね」

「段取り悪いんだよ。必要な魔道具くらい事前に用意しとけっての。人のところから持って行こうとしやがって」

突然、離れた場所でガシャーン！　という何かが崩れた音がした。

「何だ？」リンがびっくりしながら音の方を向く。

「誰かが荷台の操作を誤ったようだな。チッ。まだテリウルの杖使ってるやついんのかよ」

「あれはビヤリヤの杖ですよ」いつの間にかテオの脇にいたケトラが言った。

ケトラはテオのアドバイスに従って、すぐにテリウルの杖からデイルの杖に買い換えた素直で賢い子だ。テオも彼の賢さを見込んで自分の作業班に勧誘した。

「ビヤリヤ？　なんだそれ？」

「新商品です。安いのにテリウルの杖より長持ちするって評判ですよ。ただ代わりに暴発率が高くなったみたいで……」

「なんだそりゃ。次から次へとしょうもないもん発売しやがって。商会も手を変え品を変え色々やってくるな」

テオが苦言を呈していると、今度は、先ほどとは別の方向からざわざわした声が聞こえてくる。

「どうしたのかな？」

「また誰かやらかしたんですかね」

「いや違う。あっち見てみろ」

リンがテオの指差す方を見ると、赤いローブにクリスタルの留め金をつけた一団がいた。

「あれは……上級貴族!?」

クリスタルの留め金は上級貴族の証しだ。リンは初めてクリスタルの留め金をしている人間を見た。

工場の入り口の方にたむろしている。どうやら今入ってきたばかりのようだ。先に入ってきた者に続いて後からゾロゾロと入ってくる。かなりの大所帯だった。

彼らの中には黒いローブを着た、おそらく師匠を伴《ともな》っている者もいる。

「なんで上級貴族がこんなところに……」

リンが不思議がっていると、彼らの一人が声を発する。

「うわっ、なんだここ？」

「工場のようですね。作業時間中にかぶってしまったようです」

「へぇ〜こんな風になってるんだ」

彼らは工場の様子に顔をしかめたり、興味深そうに眺めたり、あるいは特に何の興味も示さなかったりと反応は様々だった。

リンのいる場所は、彼らからだいぶ離れているにもかかわらず、声はよく響いてきた。


工場の中はいやに静かだった。みんな作業をしつつも、工場に突然現れた上級貴族達の声に耳を傾けているからだ。みんな上流貴族がなぜここにいるのか気になるのだ。

上級貴族の子弟達は、そんな雰囲気を気にかけることなく口々に話を始める。

「それにしても散らかってるな」

「汚いしよ。他のルートを辿ろうぜ」

「ダメだ。授業時間までに研究所に行くには、この区画を通らないと間に合わない」

「しかし足の踏み場もねーぞ」

どうやら彼らは、この作業場を通過して反対側のエレベーターまで行きたいようだった。しかし、途中には作業スペースやトロッコの線路が所狭しと配置されており、さらに魔道具や製品の部品がそこら中に散らばって彼らの行く手を阻んでいる。

「はい！　みなさん。私に提案があります」

豊かな栗色の髪をたたえた女生徒が手を挙げながら言った。リンは作業しながらも、彼女の流れるような艶《つや》やかな髪についつい目を奪われてしまう。

「魔法の力を使うのです。向こう側にたどり着く案をみんなで考えませんか？」

「ただ考えるだけじゃつまらないな。誰が最もいい案を出すか勝負しようぜ」

「ついでに賭けるか。一等賞の奴には、みんなからそれぞれ指輪をプレゼントってことで」

「いいね。その案乗った」

「やめようよ。後で怒られるわ」

一人の女生徒が不服そうに言う。

「じゃ、君は採点係ってことで」

「えぇ～、何それ」

リンは彼らの会話を聞いて少しワクワクした。彼らは何となく実力者に見えた。彼らがどんな魔法を使うのか興味深かった。

「じゃあ、まず俺からね」

彼らのうちの一人の男子生徒が一歩前に踏み出す。

「こんなの簡単だよ。向こう側まで橋をかければいい」

彼は杖を掲げて呪文を唱えた。

「地面よ、盛り上がれ！」

彼の呪文に呼応して工場の床が盛り上がり橋を形成していく。盛り上がりは彼の手前から始まって工場の反対側まで伸びていった。その過程で間にある魔道具や製品の山、トロッコの線路、そして人間が押しのけられていく。工場は阿鼻叫喚に包まれた。

「うわあああああ!!」

「きゃああ!!」

散らばったものは周囲にあるものを弾き飛ばし、さらにその弾き飛ばされたものが周りのものを弾き飛ばす。その流れはリンとテオの作業場まで波及してきた。

「あいつらっ……、なんてことを」

テオは製品の山を守ろうとしたが間に合わなかった。製品の山はあっけなく崩れてしまう。ガシャーン！　という音が無情に響いた。

「よし。いける」

地面の盛り上がりが工場の半分ほどまで来たところで、呪文を唱えた生徒は成功を確信した。しかし途端に床の隆起《りゅうき》は止まった。

「あれ？」

「魔力切れか？」

「いや、地面が足りないみたいだな。これ以上やると陥没する」

「おっかしいなー。向こうまで届くと思ったのに」

「ちゃんと計算しないからだよ」

彼らは工場の叫び声など気にも留めず、放たれた魔法についてダメ出しする。

「よし次は俺の番だ。風よ！」

二人目の生徒が呪文を唱える。疾風《しっぷう》が工場全体に吹きすさび、風力で軽い部品は飛ばされていく。

再び工場内に悲鳴が響き渡った。

皆、疾風とそれに飛ばされる物から身を守るため、頭をかばって物陰に隠れた。

リンもケトラをかばいながら自分の頭を守る。

「どうだ。これで邪魔なものを吹き飛ばせただろ？」

しかし、風の力では軽いものしか吹き飛ばせなかった。工房には金属を含む重いものもふんだんに散らばっている。

「全然ダメじゃん」

「うーん。思ったよりも難しいな。どうすればいいんだろう？」

二人目以降いいアイディアを出せる生徒はいないようで、彼らは話し始める。

「地面もダメ、風もダメ。他になんかいい方法あるか？」

「この部屋いっぱいに水をためて池を作るというのはどうだろう。そして船で向こう岸まで渡るのだ」

誰かがそう言った。工場にどよめきが起こる。池なんて作られたら、ここにいる者達はみんな溺れ死んでしまうではないか。

「どこからそんな大量の水を持ってくるんだよ？」

「生成すればいい」

「ムリムリ。お前の魔力じゃせいぜいバスタブ一杯分だよ」

「うーん。いいアイディアだと思ったんだけれどなぁ」

「ボツだな。他の方法考えよう」

工場のそこらじゅうから安堵のため息が漏れる。とりあえず命の危機は去ったようだった。しかし、まだ予断を許さないことに変わりはない。工場にいる者達は皆それぞれ次にする判断に備えていた。逃げ出すべきか、製品をかばうべきか、作業を続けるべきか。今や工場中の人間が、上級貴族達の一挙手一投足を固唾をのんで見守っていた。

上級貴族の面々はあーでもないこーでもないと話し合うが、なかなかいい考えは浮かばないようだった。彼らは力とアイディアはあるものの、机上の空論になりがちで実行力が伴わないようだった。

彼らの話し合いが行き詰まってきた頃、このイベントを発案した栗色髪の少女が一歩前に進み出る。

「おい、何する気だよ？」

「何かいい考えが思いついたんですか？」

「向こう側まで橋をかけるのです」

「それはさっき試しました。材料が足りませんよ。どこから材料を調達するんですか？」

「光と……ほんの少しの水分があれば事足ります」

虚空に手を振りかざす。彼女の指には指輪が嵌められている。リンの方からは彼女の指輪に青色の宝石がはめ込まれているのが見えた。

（指輪魔法を使うのか？）

リンは今まで以上に彼女に注目した。

彼女は呪文を唱え始めた。白い光が溢れ出す。光は空気中の水分を媒介に七色に分割され、工場にアーチをかけていく。やがて七色の光は工場を横切る巨大な歩道橋になった。

「これ渡れるの？」

上流貴族の一人が訝しげに尋ねる。

光の橋を作った少女は、何でもないように橋の入り口である階段に足をかけてみせる。彼女はコンコンと足音を立てて、光の橋をまるで本物の橋のように踏みしめていく。彼女は光の橋に支えられながら軽やかに空中を遊歩していった。

上級貴族達はため息をついた。

「やれやれ。またイリーウィアの一人勝ちか」

「たまらないな。全く」

彼らは栗色髪の少女、イリーウィアの後に続いて橋を渡って行った。

「光の上を歩いている。一体どうやって……」

地上にいる誰かがつぶやく。

工場にいる者達は束の間、美しい光の橋とそれを渡る彼らに見惚れた。

上級貴族の面々は光の道を悠々と歩いて行く。めちゃくちゃになった地上のことなど気に留めもしない。それは彼らの将来を暗示しているかのようだった。地上をうごめく者達にできるのは、彼らを羨《うらや》ましそうに見上げることだけである。

しかし、やがて彼らは自分たちの直面している現実を思い出す。

彼らには達成しなければならない仕事のノルマがある。めちゃくちゃになってしまった作業工程をどうにか立て直し、期限に間に合わせなければならない。散らかった製品や部品、そして道具を集めて、場合によっては作り直す必要がある。

工場の人々の反応は様々だった。せっかく届いた製品や部品が破損してしまい呆然とする者、苛立ちまぎれに自分の班員に怒鳴りつけて八つ当たりする者、他の班の者と喧嘩し始める者、負傷してうずくまる者などなど。

散らかった自分の製品を急いで回収するために、他人の持ち場を荒らすということが工場のあちこちで起こり、それに端を発する諍《いさか》いがそこら中で始まる。

やがて工場内は押し合いへし合いしながら道具を取り合う戦場の様相を呈していく。「どけ！」「押すな！」といったヤジが飛び交い、ますます混迷を極めていった。

18. 市場の失敗

上級貴族のセレカは、光の橋を渡りながら下で繰り広げられている混迷を見ていた。

「どうしたセレカ。急がないと遅れるぞ」

セレカの師匠である黒いローブを着た男が急《せ》かす。しかしセレカは立ち止まったまま、その鋭い視線を下方に向けている。彼女の銀縁眼鏡の奥にある目は、獲物を狙う鷹《たか》のように厳しく工場の様子を見据えていた。その瞳は彼女の灰色の髪と相まって、厳しく近寄りがたい印象を与えている。

「おい、セレカ。何をしている？」

「……ねえ、ユイン。なぜ彼らはこんなに効率の悪いことをしているの？」

「なに？」

「もっと高度な魔法を使えばいいじゃない」

彼女は下方を指差した。

「これは要するに出来上がった製品を箱詰めして出荷しているのでしょう？　魔法陣と精霊を駆使すればもっと簡単にできるはずよ。どうしてそうしないの？」

「ああいう方法しか知らないからだ」

「ではなぜ彼らの監督者や師匠は他の方法を教えないの？」

「無能な下層階級の浅知恵というやつですよ。セレカお嬢様」

ユインはおどけた調子で口元を歪めてにやけながら言った。セレカはユインの態度に眉をしかめる。貴族階級の割には世知に長けているから師匠として雇っているが、彼の選民思想じみた価値観ともったいぶった話し方はどうも好きになれなかった。

「時間がもったいないからだよ。監督者や師匠には彼らのために時間を割く余裕も義理もない。彼らに高度な技能を教えるよりも俸給《ほうきゅう》を値切る方が合理的、と考えているのだ」

「……」

セレカはまだ納得がいかないようだった。

「あの杖」

「なんだ？」

「どうしてあんな粗悪な杖を使わせているの？　あんな杖じゃ作業もままならないでしょう？」

「あれは使わせているんじゃない。彼らが自ら好んで買っているんだ」

「自ら好んで？」

「安いからね。彼らは安さに目がくらんで粗悪な品をつかまされたのだ」

「じゃあ、売る側は？　商会はなぜわざわざ安物を売るの？　高いものの方が利益も多く取れるんじゃないの？」

「そうでもない。粗悪な製品の方がすぐに壊れて買い換えられるから、価格が安くても商売が成立するのだ。結果的に利益を回収できる」

「なによそれ？　詐欺みたいなものじゃない」

「そうとも言う。しかし需要と供給さえ合致すれば、それは詐欺ではなく商売上手と言われるのだ」

「そんなの詭弁よ」

「君の言うこともわかるがね。しかしこの状況、粗悪だが安価な品が市場に満ち溢れているこの状況を望んだのは他でもない彼ら自身なのだよ。商会も別に彼らに対して押し売りしたわけでは無い。ただ商品を店に並べただけだ。買ったのは彼ら自身だよ。たとえ彼らがどれだけ貧しくなろうともそれは商会の知ったことではない。自己責任というやつだ」

「自己責任？　自己責任ですって？」

「そうだよ。自己責任だ。どれだけ仕事の能率が下がり、どれだけ時間を浪費し、どれだけ賃金が下がろうとも、彼らは粗悪な安物を買い続ける。当然商会としても、より安くて粗悪な製品を市場に供給せざるをえない。見たまえ、セレカ嬢」

ユインは世界の真実を示すように、手を広げて地上の混迷を示して見せる。

「市場には粗悪な品物が溢れ返っている。これは彼らが望んだことなのだ！」

工場の床には、無残に壊れた杖があちこちに転がってゴミの山を築いている。

人々はなぜ自分たちがこんな目にあっているのかもわからず、互いに傷つけ合っていた。

（何たる不条理！　こんな歪《いびつ》な現状、誰かが是正するべきじゃないの⁉）

セレカは歯ぎしりしながら地上を睨みつける。

「そんなことよりも、君は自分の心配をしたまえ。課題のレポートはまだ提出してないんだろう？特待生だからといって気を抜いていると、すぐに落第するぞ」

「分かってるわよ。うるさいわね」

セレカは無力感にとらわれる。

（そう、みんな自分のことで精一杯なんだ。私にだって彼らを助けている余裕なんてない）

ふと、セレカは他と様子の違う区画の存在に気づいた。作業員達は妙に落ち着き払っており、みんな比較的高価な杖を装備している。

（あれは……デイルの杖か）

セレカは作業員を指揮しているらしき二人の少年を注視する。歳は自分と同じくらいだろうか。ヤンチャそうなツンツン髪の子とおとなしそうな子で対照的な二人だった。

彼らはこれからどうするか相談しているようだった。彼らの眼の前には地盤の隆起によって崩れてしまった製品と疾風によって埃《ほこり》や砂まみれになってしまった製品がある。せっかく魔法によって作られた製品もあれでは出荷することはできないだろう。

（どうする気だ？）

セレカは観察を続けた。

「テオ、これどうする？」

「崩れた分を出荷するのは無理だな。こっちの埃まみれになった方をどうにかしよう」

「でもこれ掃除するのも大変だよ」

製品には大量の埃と砂がかぶさっている。すべて取り除くとなれば今日中には終わらないだろう。

「以前読んだ本に、砂に埋もれた街を復活させた魔導師の話が載っていたんだ。それによると竜巻を起こして全ての砂を吹き飛ばしたらしい」

「竜巻って……、僕たちの魔力じゃ竜巻を起こすにはパワー不足だよ」

「何もそこまでする必要はないよ。要は埃と砂を吸い取ればいい。デイルの杖は重い物を運ぶためのものだけれど、細かいものでも運ぶことはできるはず。広範囲に魔法をかけて、砂や埃だけ粒子単位で引っ張れるよう力を調整するんだ」

「でも、一概に砂や埃って言っても重さはそれぞれであって、一つ一つの重さに合わせて引っ張ることになるけれど……。そこまで細かい調節は無理だよ」

「うん。だから魔法陣で補助するんだ。そうすれば微調整できるはず」

「なるほど」

「リン。杖の操作を任せていいかい？　パワーは僕の方があるけれど、君の方が細かい操作は得意なはずだ。魔法陣は僕が描く」

「うん。わかった」

テオは作業員に製品をしっかり固定するよう指示すると、自分は魔法陣を描き始める。

リンはテオの描いた魔法陣の上に立ち、気を集中させた。

（力を出しすぎちゃダメだ。ほんの少しだけ。そよ風を立てるように）

集中力が充分に高まったところで、杖を掲げて呪文を唱える。

「デイルの杖よ。製品にかぶさった砂や埃、その他の微細な粒子を浮き上がらせろ」

製品の山にかすかな浮力が発生する。パラパラと砂や塵《ちり》が浮き始め、杖にまとわりつき始める。

「ダメだ。取れない。これじゃ手で埃を払ったほうが早い」

「そうか。摩擦で吸着しているんだな。よし。じゃあ、回転力も加えてみよう。空気を回転させて製品表面をなぞるようなイメージで」

テオが魔法陣を描き直して、リンが再び呪文を唱える。

すると、今度は製品とリンの間の空気が渦を巻き始める。

物凄い勢いで砂と埃が空気ごと巻き上げられて、リンの杖にまとわりついていく。砂塵《さじん》は勢い余って渦を巻きながら、リンの体にも降りかかってきた。

「ぶっ！」

リンは埃まみれになる。

「よし。成功だ」

製品からは綺麗に粉塵が取り払われ、出荷可能な状態に戻る。テオは再び梱包の指示を出した。

「これでとりあえずノルマ分は出荷できるな。それにしてもこの魔法はいいね。部屋の掃除にも使える。この魔法の名前はそうだな……、『全自動掃除機』と名付けよう」

「あのー、テオさん。今度は僕が埃まみれになってるんですが……」

一人で悦に浸っているテオにリンが抗議の声を上げる。

「ふむ。魔法発動者が埃まみれになってしまうのが、この魔法の課題だね。発動者と清掃対象の間に空気と埃を分離するフィルターのようなものが必要か」

「なるほど。それで発動者は塵埃《じんあい》から守られるね。……いやそうじゃなくて！　テオ、自分がホコリまみれになりたくないから僕にやらせただろ！」

「ゴメンゴメン。今日は帰りに風呂と洗濯に行きな。入浴代と洗濯代、経費で落ちなかったら僕が払うからさ」

なだめるようにテオが言った。

「うう。こっちはどうする？」

リンが横転してしまった製品群を指差す。なるべく多く守ろうとしたが、やはり幾分かはおシャカになってしまった。

「こっちは製造部に返却だな。修復するか新しく作ってもらうしかない」

「これ修理代とか誰が払うんだろう」

「上級貴族共に弁償させるに決まってんだろ。ったく堂々と器物破損しやがって、あのボンクラ共が！」

テオは悪態をつきながら、破損した製品の数と製造ロットを手早く確認する。

「これどうすればいいか監督に聞いてくるわ。ちょっとここ頼んでいいか？」

「うん。任せて」

テオはリンにその後の処置についていくつか言伝すると、人混みの合間を縫って駆け出した。

「ユイン見て。あの子たち」セレカは再びユインに声をかけてリンとテオの方を指差した。

「ん？　なんだ？……ほう。いい杖を使っているな」

「それに術式も工夫してる」セレカがテオの描いた魔法陣を指差して言った。

「優秀だな。貴族であれば、それなりに上を目指せただろうが、あの身分ではな……」

ユインは肩をすくめながら言って、それきり興味を無くした。さっさと先に進んでしまう。

それでも、セレカは救われたような気がして少しだけ元気が出た。

セレカはもう一度リンとテオの方を省《かえり》みる。彼ら二人はこの地獄のような現場の中でも遊ぶように仕事していた。

（こんな劣悪な環境でもちゃんと工夫して頑張ってる子もいるんだ。私も頑張ろう）

19. スクールカースト

学院に入学して一ヶ月。

リンとテオは相変わらず試験と課題に追われる日々を送っていたが、それでもずいぶん慣れてきて幾らか余裕が出てきていた。

「今日は『物質生成魔法』の授業だな。課題終わってるか？」

テオが学院の書を開いて歩きながら、リンに話しかける。

「あと最後の仕上げだけ。休み時間のうちに終わるよ」

「じゃ、教室でやれるな。早めに行って席とっとこーぜ」

「うん」

まだ授業が始まるには早いが、二人は教室に向かうことにした。

「あれ？　テオじゃん。今日は早いね」

「あ、テオ。おはよう」

道行くすがら、すれ違う生徒たちがテオに声をかけていく。

彼らはみんな同じ授業を受けている初等クラスの魔導師達だった。

「おう、また後でな」

テオは適当に返事をしてさっさと歩いていく。

リンはなるべく目立たないようにしてテオの後ろについていく。

学院に通い始めて二ヶ月経つが、リンにはいまだにテオ以外の友達がいなかった。

故郷に同世代があまりいなかったリンは、学院というものを塔の中で初めて体験した。

授業は自由席で座るので、仲のいい子同士で固まって座ることになる。

それぞれの固まりは身分や出身国、性別によってあからさまにグループ分けされていて、閉鎖的だった。

どこの授業に出ても奴隷階級出身の者はいなかったので、自然とリンはテオにくっついて回ることになった。

その一方、テオはすぐに誰からも一目置かれる存在になった。

リーダーという感じではなかった。

しかし彼の自信に満ちた態度、機知に富んだ喋り方、それでいて他人を寄せ付けない一種の気高さは誰をも惹きつけた。

あんまり特徴のないリンは、自然と『なんかテオと一緒にいる地味な奴』『いつもテオの後ろに付いている奴』という扱いになる。


リンとテオは教室に人が少ないことを期待して早めに入ったが、入った後で自分達の選択を後悔した。

扉をくぐったところで、中から甲高い女子の声が聞こえてきたからだ。

その声は二人がなるべく会いたくない人物のものだった。

「あんたテオのことが好きなの？　やめときなさいよあんな平民。あんた可愛いんだから貴族と結婚しなさいよ」

「チッ。またあいつか」

テオが忌々《いまいま》しげに舌打ちする。

リンも気が重くなった。

声の方を向くと、案の定ユヴェンがいた。

彼女もこちらに気づいて声をかけてくる。

「あら、テオじゃない。相変わらずシケたツラしてるわね。何か不景気なことでもあったの？」

「シケたツラなんてしてねーし、不景気なこともねーよ」

二人のやりとりにユヴェンのグループの女の子が全員こちらを向く。

彼女らはみんな少し派手目だった。リンは彼女らに好奇の目を向けられるだけで緊張してしまう。

「あら、そう。じゃあ、あなたは常日頃からそういう不景気な顔してるってことね。アハハ！」

それだけ言うと、ユヴェンはすぐまた彼女のグループの方に向き直ってしまう。彼女らのグループはクスクス笑いながら、こちらの方をチラチラと横目で見てくる。

「チッ、なんなんだよ、あいつらは？」

テオがイライラした口調で呟く。

「行こうテオ。授業の準備しなくちゃ。あそこの席空いてるよ」

リンはテオを急かして空いてる席に座る。

できるだけユヴェンから離れた席を選んだが、それでも彼女の高い声はよく響いてきた。

「結婚するなら貴族ね。それも外国の貴族。トリアリア語圏の男ってあんまりカッコ良くないし。キャハハハハ」

彼女は、テオやリンも含むトリアリア語圏の少年達にも聞こえる声で言った。

「気にすんなリン。あんな奴の言うことなんか無視しとけばいいよ」

そう言いつつも、リンはテオがピリピリしているのが分かった。テオは腕を組み足を組み、貧乏ゆすりしながら難しい顔をしている。

それは彼がイライラしているときの癖だった。

リンがテオのイライラを感じつつテストの準備をしていると、教室に貴族階級の中でも一際身なりのいい上品な雰囲気をした男子生徒のグループが入ってくる。

その中の一人、黒い前髪をきっちり切りそろえた、いかにもお坊ちゃんという感じの生徒を見るとユヴェンは急に押し黙り、さっと身なりを整えた。

彼が席に着くや否や、ユヴェンは一直線に彼の元に行き話しかける。

「おはよう、テリム。涼しい顔してるのね。その様子だと課題はもう終わったの？　難しくなかった？」

ユヴェンはテオに対する態度とは打って変わって、猫撫で声でテリムに話しかけた。

「やあ、ユヴェン。その様子だと君は課題に苦労したみたいだね」

「そうなの。『有と無の境界線』の部分が難しくって。まだちゃんと理解できていないの」

「ああ、その部分はね……」

二人はすぐに和やかな雰囲気で話し始める。

テリムはアリント国出身のやんごとなき身分の子弟だ。

リンやテオ、ユヴェンにとっては外国の貴族にあたる。

彼女の言う通りユヴェンは、外国の貴族階級の子弟の前では、平民階級の前で見せる冷たく棘のある声は鳴りを潜め、あからさまに媚を売っていた。

彼女はいつもこの調子だった。教室に誰がいるかによって、あるいは目の前で話している相手が誰かによってコロコロ態度を変えていた。

その様子を見て、テオはますますイライラを募《つの》らせた。リンもユヴェンが同じ教室内にいる時は内心、穏やかではいられなかった。

彼女が同じ空間にいると心が落ち着かなくなるのは、彼女の声が癇に触るというのもあるし、平民階級に対してトゲトゲしいということもある。

しかしこれらは副次的な要因に過ぎない。

一番の問題はユヴェンの容姿であった。

ユヴェンは可愛かった。

とにかく可愛かった。

初等クラスの女魔導師たちの間で一、二を争う可愛さだった。

その小顔と白金色の髪、時折見せる意地悪そうな表情も含めて全て愛らしかった。

これで醜《みにく》い女の子であれば、そこまで気にならなかったかもしれない。

けれども、ユヴェンのような可愛い女の子からの評価を気にせずにいられる男なんて存在するのだろうか？

リンは、彼女がテリムの前で見せる甘い笑顔が視界に入ってくるたびに、心がざわついた。

けれども、心のざわめきを取り除く方法がないことはわかっていた。

なぜなら彼女はリンとは別世界の住人なのだから。

塔に貴族階級が縁故を結ぶ場としての側面があることをリンが知ったのは、学院に来てからすぐのことだった。

ある時テオが話してくれたのだ。

「この塔は貴族達が縁故を結ぶ場でもあるんだ。特に外国の貴族と繋がりが欲しい貴族にとってのね。ったく。婚活なんざヨソでやれっつーのな」

実際に始めから婚姻目当てで、両方の親が合意のもと塔の学院で初めて会ったかのように装うこともあるし、あるいは何かの間違いで親の意に沿わぬ形で子供たちが結ばれてしまうということも、さらには間違いの結果、戦争一歩手前まで発展する事態になったこともあるらしい。

過去を遡《さかのぼ》ると学院にはそういう話がゴロゴロ転がっていた。

貴族の子弟達についている師匠は、そのようなことを防ぐための存在でもある。

彼らは魔導師としての師匠でもあり、お目付役でもあるのだ。

このように、細心の注意を持って間違いが起こらないように取り計らわれている上級貴族の身辺だが、むしろ上級貴族と関係を持とうと子供を学院に紛れ込ませて、親ぐるみで間違いを起こそうという輩が後を絶たなかった。

ユヴェンもその一人というわけだった。

とはいえ、ほとんどの子供達は大人の事情を彼らなりに察しており、無謀な行動は起こさないようにしていた。

特に貴族階級の子弟は親に言い含められているのか、自分の立場を弁《わきま》えており、間違いを起こさないよう心がけていた。

リンはこの話を聞いてから、すぐに教室内に一種の不文律が存在していることに気づいた。つまり貴族階級は貴族階級で、平民階級は平民階級で固まって意図的に身分の違う者同士で関わらないように注意しているのだ。

授業の必要上、異なる階級同士で共同で作業して場合によっては仲良くなることもあったが、その様はどこかよそよそしく、お互いに深入りしすぎないよう気を遣っていた。

下級貴族のユヴェンは、このような教室にあって階級間の壁を象徴する存在であった。

下級貴族という身分ゆえ、平民階級とも上級貴族とも分け隔て無く付き合えるにもかかわらず、彼女はそのような曖昧《あいまい》さを許さなかった。

上級貴族と結ばれたがっている彼女は、平民階級の子が気安く話し掛けようものなら無視したり、場合によっては手厳しい言葉を浴びせたりする一方、貴族階級に対しては露骨にしおらしい態度をとった。

彼女は平民階級向けの態度と貴族階級向けの態度を上手に使い分け、教室の中にいる者に否が応でも自分の身分を思い出させた。

リンはユヴェンと親しげに話すテリムを半ば羨望、半ば哀れみの眼差しで見つめた。

というのも、ユヴェンにとってはテリムですら本命ではなかった。

彼女は現在、クルーガ・ミットランという学院五年目の魔導師にご執心だった。

クルーガはスピルナ国の上級貴族ミットラン家の次男だ。やんごとなき家柄というだけでなく魔導師としての才能も申し分なく、塔の将来を担う存在として期待されているそうだ。

彼の魔導競技と学業における輝かしい成績のうわさは、大して交友関係の広くないリンでも知るところだった。

リンは一度だけ学内で発行されている新聞で彼の顔写真を見た事がある。

真っ黒な黒い瞳と目元までかかった長めの黒髪で少し影があるけれど、それがまた涼しげな印象を与えていて、これなら女の人にもモテそうだな、とリンは思った。

「クルーガ様とお近づきになりたいわ」

ユヴェンはテリムのいないところでは、事ある毎にそう公言していた。

「クルーガ様に飛行魔法について手ほどき願いたいわ。彼は飛行魔法の名手ですもの。上達するためには彼に教えてもらうのが一番よ。あーあ、どうにかクルーガ様に飛行魔法を手取り足取り教えてもらう方法はないかしら。あくまで後学のためにね」

彼女の願望が言葉尻通りでないことは誰の目にも明らかだった。

とはいえ、彼女の願望は決してありえないものでもなかった。

平民が貴族と結婚するというならいざ知らず、下級貴族が上級貴族と結婚するというのはそこまでハードルの高いことではない。

学院五年目のクルーガは現在、主に九十階層にて行われる授業に参加している。

彼女とクルーガを阻むのは受講できる授業の違いだけである。

リンは彼女の姿を見る度に、あるいは彼女の声を聞く度に心がざわめいたが、それをどうすることもできない。

彼女の姿は目立つため、探すとすぐに見つけることができた。

彼女はいつも白金色の髪を気品のある髪飾りで留め、学院の深紅のローブを着こなし、ステッキ型の杖をついて歩いていた。

その様はいかにも都会的で華やかだった。

教室内であれ廊下であれ彼女の声が聞こえると、ついついユヴェンの姿を探してしまう。

ユヴェンが見つかると彼女の姿を探してしまっている自分に気づき嫌気がさした。

ユヴェンの姿が見つからず気のせいだと分かると、それはそれでがっかりした。

貴族階級に対してばかり話しかけるユヴェンだったが、彼女が自分から話しかけに行く平民階級が一人だけいた。

テオである。

彼女はテオに対しては、平民階級であるにもかかわらず、何かの儀式のように事ある毎に絡んでいた。

とはいえ、それは挑発的な意味合いの方が強く親愛の表現とは言い難かった。

そして彼の隣にいるリンについては、やはり歯牙にも掛けないようだった。

リンは彼女の存在によってざわめく心を、ざわめくままに任せるほかなかった。

奴隷階級出身のリンが無理に話しかけて、ユヴェンに相手にされるとは思えなかった。

しかし、リンが彼女に話しかけられる機会は思わぬ形でやってくることになる。

20. 握られた手

ある日、リンとテオが次の授業の教室に移動するため廊下を歩いていると、向こう側から歩いてくるユヴェンとすれ違った。

ユヴェンは例の如くテオに絡んできた。

「あら？　テオじゃない。今日も舎弟を引き連れてご機嫌ね」

テオはうんざりした様子で彼女を睨んだ。

「ユヴェン、リンは舎弟じゃない。友達だ」

「あら、そうなの？　あなたも大変ね。テオの友達なんかになっちゃって」

「えっ？」

リンは急に話しかけられて慌てた。

どう返せばいいのかわからない。

「だってそうでしょう？　毎日毎日、テオに連れまわされて。そのせいでろくに友達も作れていないじゃない。あなたの学院生活が充実していないのはテオのせいよ。そう思うでしょう、テオのお友達さん？」

「俺は別にリンを連れまわしてなんかいねーよ。単に住んでる部屋が同じで、受けてる授業が一緒だから同行することが多いだけだ」

「そんなことないわ。テオ、あなたは目つきが悪いから気づかないかもしれないけれどね、彼はあなたの粗野で乱暴な言動に怯えているわ。あなたは自分でも気づかないうちに彼を無理矢理連れまわしているのよ。ね、そうよね、テオのお友達さん？」

「だから連れまわしていないって言ってるだろ。それに僕の目つきは関係ないだろ！　いい加減にしろ！」

「そんなことないわ。関係あるわよ。だいたい、あなたはいつもいつも……」

二人はテオがリンを無理矢理連れまわしているかどうか、リンがテオに怯えているかどうかについて喧々諤々《けんけんがくがく》の議論を始めた。

リンはただただポカンとして二人のやり取りを聞いていた。

「ねえ、あなたはどう思う？　テオのお友達さん。あなたも私と同じ意見よね」

「えっ？」

リンはまた急に話を振られて、どう答えていいのか分からなかった。

どうしてこの子はいつも急に話を振ってくるんだろう？

「おい、ユヴェン。いい加減さ、その『テオの友達』っていうのを止めろよ。人のことは本名で呼べ」

「あら？　どうしてテオが怒ってるの？　私が今話しかけてるのは、あなたのお友達の方なんだけれど？」

「君が僕の友達に無礼な態度をとっているからに決まってるだろ。友達を馬鹿にされて黙っていられるかよ」

「それはあなたの勝手な思い込みでしょう？　テオの友達は私の態度を無礼だなんて思っていないわ。ねぇ、あなたは怒ってないわよね、テオの付き人さん？」

「えっ？」

リンはいきなり呼び名が変わった上、話を振られて狼狽《ろうばい》した。

どう答えればいいのかわからない。

「おい、リン。何とか言ったらどうだい？　馬鹿にされてるのは君なんだぞ」

「えっ、えーっと……」

（そんなこと言われても）

リンは何と言って良いのかわからず目を泳がせた。

リンは女の子にからかわれた時に、どう振る舞えばいいのかなんて分からなかった。

何せ初めての経験だった。

エリオスさんならどうするんだろう。

こんな時うまく意趣返《いしゅがえ》し出来るのだろうか。

リンの優柔不断な態度を見てユヴェンの目がキラリと輝いた。

これはいいオモチャを見つけたと言わんばかりだった。

リンをからかえばテオをイライラさせられると気付いたのだ。

「ねぇ、あなたは私の味方よね。テオの恋人さん」

ユヴェンが両手でリンの右手を握って、顔を近づけながら甘い声で囁《ささや》いてくる。

「はっ？　えっ？　恋人？」

リンは急に手を握られたうえ、またもや呼び名を変えられて混乱した。

彼女の普段と違う甘い声にも当惑する。

おまけにユヴェンの愛らしい小顔が目と鼻の先にある。

「ね、黙ってないで何とか言ってよ。あなたは怒ってなんかいないわよね。テオのシッポさん？」

（また呼び名が変わってる……）

「ねえ、どうなの？　私のこと怒ってるの？」

ユヴェンが潤《うる》んだ瞳で見つめてくる。

リンは頭がクラクラしてきた。

「僕は……、怒ってなんかは……」

それだけ聞くとユヴェンはリンからパッと身を離し、テオの方に向き直る。

「ほうら見なさい。彼は怒ってないって言ってるわ。私の方が正しかったわね」

その声と喋り方は、すっかり普段の挑発的な調子に戻っていた。

リンは正気に戻る。

（あれ？　僕は今何を言って……）

テオはリンのことを恨みがましい目で見る。

それを見て、リンは自分がいつの間にかユヴェンの味方をしてしまっていることに気づいた。

ユヴェンはまたリンの方に向き直る。

「テオの舎弟で友達、テオの付き人にして恋人でシッポ」

ユヴェンは歌うように口ずさむ。

「たくさんあだ名ができてよかったわね。あなたは一生テオの奴隷よ。これだけ呼び方があれば、あなたの名前を覚える必要はないわ。それじゃあまたね。『テオの』。機会があれば、またからかってあげるわ」

ついにリンは省略形にされてしまう。

ユヴェンはそれだけ言うと足早に立ち去っていってしまった。

リンは恐る恐るテオの顔色を伺ってみた。

普段はどれだけイライラすることがあっても平静を装っているテオだが、この時ばかりはよほど腹に据えかねたようだ。

「あの俗物がっ！」と言って近くにあったゴミ箱を蹴り、プンスカしながら一人で立ち去っていってしまった。

リンは仕方なく溜息をつきながら、こぼれ落ちた紙くずをひとつまみし、ゴミ箱の中に戻しておいた。

21. 指輪魔法の授業

「五十五階、第二競技場へ」

魔法語でそう唱えると、リンとテオを乗せたエレベーターが音を立てて動き出す。リンとテオは指輪魔法の授業が行われる教室に向かっていた。

「今日はいつもと違う場所でやるんだな」

テオが学院の書の教室変更連絡を見ながら言った。

「今日は実技があるらしいよ。ほら科目要項に書いてある」

「なるほど。それで競技場を使うのか。指輪魔法の実技は初めてだな」

「うん」

リンは嬉しそうに頷いた。彼は科目要項で授業の内容を読んでから、ずっと今日の授業を楽しみにしていた。

というのも今回の授業では、猛獣と戦う時に使用した『ルセンドの指輪』を使うみたいだからだ。

リンはあの時に感じた指輪の不思議な感覚を思い出した。

あの奇妙に親しみを覚える指輪にもう一度触れることができる。そして、あの指輪をもっと高度に使いこなすことができる。それを思うとワクワクした。

五十五階の第二競技場は広々とした円形の空間を中心とした施設だった。上部には見学者のためにギャラリーが設けられている。リンの視線は教室の中央に吸い込まれる。

教室の中央部には珍しい形をした岩石と台座が設置されている。かくして台座の上には『ルセンドの指輪』が置かれていた。リンは胸が高鳴るのを感じた。

教室にはすでに大勢の生徒がいて、授業が始まるのを待っていた。

「あ、ユヴェンだ」

「げっ！」

リンがユヴェンも教室にいることに気づき、テオが嫌な顔をする。今日は珍しく一人だった。いつもは派手なグループの子達と一緒におしゃべりしているのに。その視線は心なしか上の方を見ている。

（なんだ？）

リンはユヴェンの視線の先を追ってみた。どうやらユヴェンはギャラリーの方を見ているようだった。ギャラリーは室内上方の壁に沿って細い通路が備え付けられたものだ。ギャラリーにも学院生がちらほらいて、こちらを見たりおしゃべりしたりしている。

「上級生だな」テオが呟いた。

確かにギャラリーの上にいる学院生達は、リンやテオよりも背が高く顔つきも大人びていた。

ユヴェンは、どうやらギャラリーにいる人物をじっと見つめているようだった。リンはユヴェンの視線の先にいる人物を目を凝らして見てみる。そこには意外な人物がいた。

(あれは……クルーガ!?)

そこには写真でしか見たことがない魔導競技の連覇者にして、スピルナ国上級貴族のクルーガがいた。隣にはエリオスがいて何か喋っている。

「おい、あれクルーガだよな。ユヴェンが狙ってる……。エリオスと知り合いだったのか」

「どうして二人がここに?」

リンは教室の空気が妙にソワソワしているのに気づいた。緊張した面持ちの子や落ち着かずキョロキョロしている子、あるいは集中力を高めようと瞑想《めいそう》している子、さらには頭を抱えている子までいる。普段の授業ではありえないことだった。

「なんか変な空気だな」

テオも教室の奇妙な空気に気づいたようだ。

「どうしたのかな?」

「聞いてみよう」

テオは普段からよく話すトリアリア語圏の子に話しかける。

「よお。今日なんかあるの? 妙にみんなナーバスだけど」

「知らないのか？　マグリルヘイムが今日この授業の視察に来るんだって。最も上手く指輪の力を発揮した者はスカウトされて、夏季に行われる『ヘディンの森』の探索チームに抜擢《ばってき》されるって。昨日掲示板で告知されたんだ」

「なんだって？　えらい急な話だな」

「ティドロさんの発案らしいよ」

「ティドロっていうと…あの入学式で喋ってた首席のやつか！」

「そうだよ。くっそぉ～。こんなことなら事前にもっと指輪魔法を練習しとけばよかった！」

テオが話しかけた子は頭を抱えて悔しがっている。

（なるほど。それでみんなこんなにソワソワしているのか）

リンは納得した。

歴史に名を残した魔導師には共通点がある。それは自分だけの特別な魔道具や魔獣、精霊を使役していたということだ。『ヘディンの森』は、歴代の魔導師達が最新魔道具のパーツとなる原石や魔獣を発見した場所だ。しかも、まだ人類未到達の場所がいくつもある。魔導師として身を立てたい者は早めに入っておくに越したことはない。

しかも、マグリルヘイムは塔内でも選り抜きのメンバーが揃っているギルドだ。マグリルヘイムに所属すれば、森のより奥深くまで到達して未知のアイテムを手に入れられる可能性が高くなる。

「おぉ、間に合ったか」

大きな声が競技場に響き渡る。ティドロの声だった。リンが声のほうを向くと、かくしてギャラリーの昇降口付近にティドロはいた。今来たばかりのようだ。彼の後ろにはマグリルヘイムのメンバーがゾロゾロとついてきている。

彼らの視線は否応なく競技場の生徒達を緊張させた。

「みんな今日は見学させてもらうよ。おそらく、もう知っているかと思うが、今日の授業で高得点を取った者を我らがギルド『マグリルヘイム』にスカウトするつもりだ」

ティドロが競技場全体に響き渡る大声でそう言った。

「『ヘディンの森』には通常魔獣魔法中級の単位を取得していなければ入ることができない。しかし！　僕はこの制度に疑問を持っている。才能と志ある者は早くからヘディンの森に入り刺激を受けるべきだ。

だから、僕達は魔導師協会に初等クラスの人間でも森の探索に連れていけるよう、制度改変を直訴した。協会は条件付きで認めてくれたよ」

（なんか暑苦しい奴だな）

テオは顔をしかめた。彼にとって、ティドロはあまりお近づきになりたくない人間だった。

「今日は君達がどれだけ普段から魔導師としてコツコツ努力しているのかを見せてもらう。魔導師はいかなる不測の事態にも対応する実力がなければならない。そのために重要なのは才能と不断の努力のみ。一夜漬けの勉強や三日坊主の鍛錬に意味なんてない。君達の素の実力が見たいんだ。だから僕達の事は気にせずに指輪魔法の授業に励んでくれたまえ」

ティドロはそう言うものの、実力を見られる生徒達からすれば気にしないわけにはいかなかった。

むしろプレッシャーをかけているとしか思えなかった。そわそわしていた子達はますますそわそわするばかりだった。

「テオ、どう思う？」

いまひとつ教室の雰囲気についていけないリンがテオに尋ねてみた。

「う～ん。あんま興味湧かないかな。俺、マイペースに頑張る派だし。今は出世よりも引越し計画の方が大事だし」

「なら辞退しなさいよ」

「うぉっ、ユヴェン？」

いきなりユヴェンの棘のある声が後ろから飛んできて、テオは驚いて振り向いた。彼女はいつの間にか近づいてきてリンとテオの会話を聞いていたようだ。

「辞退ってお前、これ基礎科目だぞ。単位取らなきゃ卒業はおろか先に進めねーだろ！」

「あんた興味ないんでしょ？　興味のないあんたが、興味のある私のような子を差し置いて選ばれたら申し訳ないと思わないの？」

「いや、そんなこと言われても……」

「第六十四期生でライジスの剣を発動できたのは私とあんただけ。つまりスカウトされる可能性が高いのは私かあんた。あんたさえ辞退すれば高確率で私が選ばれんのよ」

「……お前は随分やる気なんだな」

「当たり前でしょう。ここでスカウトされれば一気にクルーガ様他、将来有望な上級貴族の方々に近づけるのよ」

「男目当てかよ」テオが呆れ気味にいう。

「違うわ。爵位目当てよ」

「余計不純だろ……」

「とにかく！」

ユヴェンがビシッとテオを指差す。

「いい？　私の邪魔だけはしないでよね。邪魔したらタダじゃおかないわよ」

そう言ってユヴェンは立ち去っていった。

「あんなこと言ってるよ。どうする？」

「知るか。あいつの都合に付き合う義理はねーよ。俺は普通に単位を取るだけだ。お前も気にすんなよ」

リンは、ユヴェンが話しかけてくれなかったことにがっかりしている自分がいるのに気づいた。

彼は以前触れた彼女の手の冷たさと、その時に漂ってきた甘い香りをいまだに忘れることができずにいた。

そうこうしてるうちに指輪魔法の教授・ウィフスが現れる。

「はい皆さん！　お静かに。授業を始めますよ」

22. ヴェスペの剣

「指輪魔法は、文字通り指輪に嵌め込まれた宝石の力を使って発動する魔法です。杖は魔導師の剣、指輪は魔導師の盾と言われており、このことから指輪魔法は魔導師の基礎的な能力を測るのにも適切なものです。そこ！　授業を聞きなさい」

ウィフスが授業を聞かずに何やら手元でゴソゴソしている生徒を注意する。彼はこれから行われる実技に備えて何か悪あがきをしているようだった。ウィフスが話を再開すると注意されたにもかかわらず、また再びゴソゴソし始める。

「初等クラスの授業とはいえ魔法を扱うんです。一歩間違えれば大変なことになりますよ。指輪魔法の特殊なところは呪文を使わないところです。宝石に宿る精霊と会話する必要がありますが、宝石の精霊は非常に繊細であるため、呪文には反応してくれません。あなたたちの心に直接働きかけるのみです」

「これは感性という他ありません。しかし感性とは言っても心配することはありません。魔導師の才能を持つものなら、身長や体重と同じく必ず成長するものです。今の時点でうまくできなくても気にしなくて大丈夫です。だからどうかソワソワしないで」

ウィフスの言葉の最後の方は苛立《いらだ》たしげだった。どうもティドロの試みは教授の立場からすれば迷惑なようだった。

ティドロ達はどう思っているのだろう？　リンはギャラリーの方を見上げてみた。しかしティドロもクルーガもエリオスも平然としていた。彼らは先生を困らせることについて何とも思っていないようだった。学院でも指折りの実力者となれば、教員に対して尊大な態度を取っても平気なのだろうか。リンはちょっとショックを受けた。

（あ、シーラさんだ）

リンは目の端でシーラとアグルが一緒にいるのを捉えた。シーラもリンに気づいて手を振ってきた。リンは先生に気づかれないように小さく手を振って返した。

「魔法がかけられた指輪を嵌めているだけで、大いなる宝石の加護により魔導師は命の危険が迫っても指輪によって守ってもらえます。ここにいる皆さんは、既に入学試験で指輪による加護を受けた経験があるはずです。自分に危害を加えようとする人物や獣が近くにいれば危険を知らせてくれたり、自分に攻撃してくる者を排除してくれたりするのです。皆さんがこれから危険な場所への探索を行う場合、魔法の指輪は必須のアイテムとなるでしょう。

指輪魔法によって顕現《けんげん》される光の剣は、命に危険が迫っていないときでも発動することができます。今日は皆さんが現時点でどれだけ『ルセンドの指輪』の力を発揮できるのかを測定します。では、早速順番に始めていきましょう。まずはユヴェンティナ・ガレット」

「はい」

ユヴェンが元気良く感じのいい声で返事をして、中央に進み出る。彼女は先生や貴族の上級生の前では、その本性を隠して優等生を演じていた。

部屋の中央には台座が設置されていて、その上には光り輝く指輪が置かれている。ユヴェンは台座の前に来ると、指輪に手をかざして目をつぶり集中する。すると、指輪の輝きがみるみるうちに強くなっていって放たれた光が収束し、剣の形になっていく。台座の前の岩石に光の剣が突き刺さった。おおっ！　と周りから歓声が上がり、拍手が起こる。

「ライジスの剣だ」

ギャラリーから誰かが声を上げた。

(ほえ～。立派な剣だな)

リンは感心した。ユヴェンの発動させた剣は綺麗に刀身が現れており、柄の部分から刃の切っ先まで欠けているところがなかった。リンが猛獣に対して放った剣は、もう少しおぼろげでユヴェンの剣ほど大きくなく、また完成されていなかった気がする。

ウィフスが手元の書類に何か、おそらく成績表を書き込みながらユヴェンに対して話しかける。

「うむ。よろしい。あなたはこの授業を受けてまだ二年目でしたね。それでここまで綺麗にライジスの剣を発動できるのはなかなかのものですよ。この調子で頑張ってください」

「ありがとうございます。頑張ります」

ユヴェンは一礼して下がっていく。

下がっていく途中で、彼女は先生に見えないところでガッツポーズをした。

どうやら彼女にとって満足のいく出来だったようだ。

「次、テオ・ガルフィルド」

「へーい」

テオはやる気なさそうに返事して台座の前に進み出る。ユヴェンと同じように指輪に手をかざす。

指輪から光が放たれ、剣を形作り岩石に突き刺さる。

「あいつもライジスの剣を出したぞ！」

またギャラリーの誰かが言って、歓声と拍手が上がった。

しかしテオの発動した剣はユヴェンのものに比べ一回り小さく、また、ところどころ刃こぼれしており完璧な剣とは言えなかった。

（チッ。指輪魔法に関してはユヴェンに一日の長があるか）

テオは心の中で舌打ちしつつも、自分の現在の実力について冷静に分析した。

「うむ。よろしい。君はまだ学院一年目ですね。初めてで、これくらいできれば大したものですよ」

「どうも」テオが下がっていく。

（やっぱり私のライバルになりうるのはテオだけのようね）

ユヴェンはテオの出した剣を見て、改めてそう思った。

テオが戻る途中、ユヴェンと目が合う。

リンには二人の間に火花が散っているように見えた。

「あいつがお前の推してるテオってやつか」

ギャラリーの片隅でクルーガがエリオスに話しかけた。

「ああ、賢い奴だ。いずれ僕達にとっても厄介なライバルになると思うよ」

その後も次々と生徒達が指輪を使って光の剣を発現させていく。しかしユヴェンとテオのようにライジスの剣を発現できるものはいなかった。ほとんどの者は短剣止まりで、剣とは言えない針のように細く小さい光を発するのが精一杯の者も多くいた。

指輪に触れる人数が過半数を超えるにつれて、授業開始前の浮ついた雰囲気はすっかりなくなっていた。みんなもう自分が選ばれないとわかって、むしろ緊張から解放されたようだった。諦めが教室を支配してすっかり空気は緩くなってしまう。ギャラリーにいる上級生達もテオ以降目ぼしい下級生がおらず退屈そうにしており、中にはあくびしている者さえいた。

リンがユヴェンの方を見ると、いつも一緒にいる友達とお喋りしている。残りは消化試合と決め込んでいるようだった。

「どうやらユヴェンティナという子か、テオという子で決まりそうですね」

マグリルヘイムの副リーダー、ヘイスールがティドロにそう言った。

「……うむ、そのようだな」

そう言いつつもティドロは憮然《ぶぜん》としていた。

「仕方ありませんよ、ティドロ。僕達の代はたまたまレベルが高かったんです。彼らに僕達と同じレベルを要求するのは酷というものですよ。彼らはたまたまレベルが低かったというだけです」

ヘイスールがティドロの気持ちを察して宥《なだ》めるように言った。

「ああ、分かっているさ。だが残念だ」

彼の不満をよそに授業は進み、いよいよ最後の生徒の番になった。

「次で最後ですね。リン。前に出なさい」ウィフスがリンの名前を呼ぶ。

「はい」リンが前に進み出る。

（いよいよだ。いよいよ、またルセンドの指輪を使える）

リンは指輪の前に来て胸が高鳴った。

「君もこの授業は初めてですね。緊張しなくても大丈夫ですよ。誰でも始めはうまくできないものです。遠慮せずやってみなさい」

教室の空気が正常に戻るにつれて、ウィフスからも苛立たしげな口調は消えていた。代わりに彼本来の穏やかさが前面に出ていて、リンに対しても優しく話しかけてくれる。

おかげでリンはリラックスすることができた。

「はい。ありがとうございます」

ウィフスにお礼を言うとリンは指輪の方に向き直った。改めて見ると、やはりとても綺麗な指輪だった。指輪に嵌め込まれた青い宝石も、リンに対して微笑みかけるように穏やかな輝きを放っている。リンの中で、猛獣との戦いと初めての指輪魔法発動の記憶が鮮烈に蘇《よみがえ》ってくる。

何かが起こりそうな予感がした。

「あら、リンの番が来たみたいだわ。リーン、頑張って〜」

リンが指輪の前に進み出ているのを見てシーラが声援を送った。

リンは少し恥ずかしかったが、シーラに手を振って感謝の気持ちを示す。

「あいつで最後みたいだな」

ギャラリーの中の誰かが言った。

「そうなの?」

「最後くらいきちんと見ますか」

リンで最後の生徒ということが分かると、ギャラリーで退屈そうにしていた上級生達にもいくらか関心が戻ったようだ。何人かがリンに注目する。

リンはそっと指輪に手をかざした。すると指輪も反応して、手の隙間から光が溢れ出してくる。

リンには予感があった。以前よりもこの指輪を上手に使いこなせるという予感が。リンはここ半年何度も杖を振って重いものを運んだり、エレベーターを操作したりしているうちに、自分の内側から出てくる魔力の波動をおぼろげながら感じられるようになっていた。リンは目をつぶって意識を集中させる。

(僕はここに来て毎日のように杖を振ってきた。魔法語もたくさん覚えたし、魔力に対する感覚も鋭くなってる。きっと以前よりもこの指輪と深いところで会話できるはず。さあ、教えておくれ。君の力を引き出す魔法の呪文を)

かくして指輪は応えてくれた。


――ヴェスペ――

リンの頭の中に低く、しかしはっきりとした声が響くや否や、まばゆい光がリンの身体を包む。

破裂音が鳴り、台座の前にある岩石が真っ二つに割れた。

岩にはリンの身長のゆうに二倍はある大剣が突き刺さっている。

一瞬の静寂の後、教室は割れんばかりの歓声と拍手に包まれた。

「『ヴェスペの剣』だ！　あいつ『ヴェスペの剣』を発現したぞ！」

ギャラリーの誰かが叫んだ。

「まさか。リンが？」エリオスが驚きの声を上げた。

「へぇ。初めてでヴェスペの剣とは。やるじゃん」クルーガが感心したように言う。

「やったわ。私のリンが一番だわ」シーラが嬉しそうに言った。

リンは何が起こったのか分からず、キョトンとしている。

「おお、素晴らしい。リン、『ヴェスペの剣』は、この指輪で発現できる最上の剣だよ。もはや君にこの授業で教えることは何もない」

ウィフスが興奮したように言う。

「えっ？　っていうと……」

「指輪魔法の単位取得だよ。おめでとう」

リンがギャラリーの方を向くと、上級生の人達がみんな自分に向かって拍手している。エリオスは驚きの表情を浮かべ、シーラは手を上げて喜んでいる。クルーガやティドロまでが笑みを浮かべてリンに拍手を送っている。

リンはようやく周りの雰囲気が自分を祝福しているのだと気づき、喜びに満たされていく。

「やった。やったよテオ！」

リンはテオのもとに駆け寄って喜びを表そうとしたが、その動きをはたと止める。

他の生徒達が自分に対して苦々しい顔を向けていることに気づいたからだ。

リンの同級生達は祝福の雰囲気が冷めやらぬギャラリーとは違って、しじまを打ったように静かだった。

（そうか。この授業はマグリルヘイムの選抜も兼ねているんだっけ。じゃあ僕が授業でいい成績を出すのは面白くないよね。みんなマグリルヘイムに入りたいわけだし。あっ……）

リンは思い出した。今日のこの授業で誰よりも成果を出すことに拘《こだわ》っていて、誰よりもマグリルヘイムに選抜されたがっていた女の子がいたことを。

突然、彼は背中に悪寒を感じた。誰かが自分に冷ややかな視線を注いでいる。振り向いてはいけない。そう直感したが、リンはついつい振り向いてしまった。

そして、リンは振り向いたことをやはり後悔した。そこには全くの無表情でこちらを見つめるユヴェンがいた。

リンは急いで顔を背けた。怖かった。まさか女の子の無表情があんなに怖いなんて思いもしなかった。

ギャラリーの上でティドロは満足げだった。その顔から、先ほどまでの不満げな様子は微塵《みじん》も感じられない。

「ふっ。誰がマグリルヘイムに加わるべきか決まったようだな。ヘイスール。彼の、リンの元に我らがギルドの招待状を届けてくれ給《たま》え」

ティドロが満足気に言った。

「はっ。分かりました」

「有意義な時間だった。さ、引揚げよう」

それだけ言うと、ティドロ達マグリルヘイムの面々はくるりと背を向けて、さっさとギャラリーから立ち去ってしまう。

リンがユヴェンからの視線に萎縮《いしゅく》する一方、テオはここぞとばかりに彼女を煽《あお》った。

「イヤッフーイ。流石はリン。ただ一年長くいる、どっかの上流階級気取りとはモノが違うな」

テオはリンと肩を組み全力でリンの快挙を祝福する。

「流石は俺の友達かつ付き人、俺の恋人にしてしっぽだな。なあ、お前もそう思うだろユヴェン。なあ」

「ちょっ、テオそれくらいに……」

他の子達はポカンとしていたが、三人の間では、これが誰に対する当てこすりかは明白だった。

「ねぇ、あなた……」

リンはそのあまりに無機質な声にハッとする。できれば逃げ出したかったが話しかけられた以上振り向かざるをえなかった。

「はっ、はい」

振り向くと声の主はやはりユヴェンだった。顔は半笑いだった。笑っているのに目は笑っていなかった。怖かった。

「どーだ。これがお前が無視し続けた男の実力だぜ」

テオはそう言ってユヴェンを指差し挑発するが、ユヴェンは無視してリンに話しかけ続けた。

「あなた、いつもテオにひっついてる子よね。あまりに存在感がないから名前も覚えていないわ」

「は、はあ」

リンは何と答えて良いかわからず生返事をする。

「ずるいじゃないの。そんな風に実力を隠しておくなんて。私はてっきりテオさえマークしておけば、他は雑魚《ざこ》ばかりだと思っていたのに」

「いや、別に……僕は隠すつもりなんて……」

「ずっと私の邪魔をするタイミングを狙っていたのね。私が今日のこの授業をどれだけ大切にしていたか知って、こんな風に私のチャンスを潰すだなんて。怖いわぁ。あなたっておとなしそうな顔をして大した策士さんなのね」

ユヴェンが怒りに肩を震わせながら声を荒げる。

「いや、そんなつもりは……」

「やってくれるじゃないの。ドブネズミの分際で！」

ユヴェンが怒りに任せて地面を杖で叩く。

一トンの重量がもろに伝わり、地響きとなる。

「うっ……！」

リンはユヴェンの怒りに威圧され怯《ひる》んでしまう。

「あんた名前はなんて言うの？」

「えっ？　リンだけど」

「名字は？」

「えーっと……」

リンは見栄を張った。

「名字は気にしなくていいよ。僕はただのリンだから」

「なるほど。私如きには名字すら教えるのも惜しいというわけね。さすが初めての授業でヴェスペの剣を発現させる大魔導師様だわ」

「えっ、いやっ、ちがっ……」

（なぜそんな解釈に？）

リンは慌てて訂正しようとしたが、ユヴェンはその暇を与えてくれなかった。

「こんな屈辱《くつじょく》初めてよ。まあいいわ。リンっていうのね。覚えておくわ。……忘れないから」

彼女は踵《きびす》を返して早足に去っていく。最後の方の「忘れないから」という言葉には底知れぬ恨みが込められていた。リンは呆然とユヴェンの後ろ姿を見送る。

「あいつ、本当にリンの名前覚えてなかったのか？」

テオが呆然としたように言った。

リンは力が抜けたようにがくりと膝をつく。

こうしてリンは、ようやくクラスで一番可愛い女の子に名前を覚えてもらえたのであった。

ただし、何かの敵《かたき》として。

23. 監視

リンは学院初等クラス用に設置された図書室を訪れていた。次の授業に備えて予習するためだ。何せ、冶金魔法のスリヤ先生は早口で授業を進めるのがとても早い。しかも突然問題をあててくる。

（授業についていくためにきっちり予習しなくちゃね）

図書館の自習室は広くていくつも席が空いていた。学院初等部の図書室はレンリルの図書室に比べて随分と施設が充実している。リンが学院に入ってよかったと思ったことの一つがこの図書室だ。ここではレンリルのように席取り合戦にせかせかしなくても、いつでもゆったり利用することができた。

リンが空いてる席を見つけて座ると隣に誰かが座った。なんともなしに相手の方を見ると、そこにいたのはユヴェンだった。

（ファッ⁉）

驚いたリンはサッと顔を背《そむ》けてしまう。

（なんでユヴェンがここに？）

自習室には他に空いている席がいくらでもある。わざわざリンの隣に座る必要なんてないはずだった。リンはちらりと彼女の方を見やる。彼女は本を一冊机の上に置いているものの、それを読むでもなく、かといって何か話しかけるでもなく、ただ腕を組んでリンの方をじっと見つめていた。

リンはしばらく気づかないふりをしていたが、彼女の視線に耐えきれなくなり自分から話しかけた。

「こんにちは」

ユヴェンは笑顔で挨拶を返してくる。

「こんにちは」

「あの……何か用？」

「ううん。特に用事はないわ。ただ、あなたのことを監視してあげようと思って」

「えっ⁉　か、監視？」

リンは監視という言葉にドキリとした。女の子が男の子を監視するとはどういうことだろう。そこはかとなくロマンチックな事情を予感させた。

「そう、あなたが何かズルしていないか監視するの。だっておかしいもの。私はあなたより一年も先に習っているのに、来たばかりのあなたが私を差し置いてあんな成績をとるなんてね。何かズルしてるとしか思えないわ」

（ああ、なんだそういうことか）

リンはユヴェンの真意を知ってがっかりした。彼女はまだ先日の指輪魔法の授業での一件について納得がいっていないだけだった。

「ズルだなんて。僕はズルなんて何もしていませんよ！」

「どうかしら。容疑者はみんなそういうわよね。それにあなた、どことなくずる賢そうな顔してるし」

（なんだよ、ずる賢そうな顔って？）

「あんな大切な授業で不正があったなんて由々しきことだわ。私、公明正大を旨としているの。だから一応あなたのこと監視しておくわ。そして不正の証拠を見つけ次第、先生に報告します」

「はぁ。でも僕を監視しても何も不正の証拠は出てこないと思いますよ。なにせ僕は何もしていないんですから。それに、僕は今からただ勉強するだけですし」

そもそも指輪魔法で不正なんてできるのだろうか？　リンは疑問に思った。

「それならそれでいいのよ。あなたは勉強に集中してね」

そう言って一息ついた後、ユヴェンは強い口調で付け加えた。

「ただ、私はあなたのこと監視するから」

（何か不正の証拠が見つかれば選抜も取り消しになるわ。そうなれば、まだ私が選ばれるチャンスはあるはず）

リンはため息をついた。どうやらなにを言っても無駄らしかった。

「分かりました。じゃあ僕は勝手に勉強していますね」

リンは気を取り直して勉強に取り組んだ。ユヴェンは途中までリンが読書する様をジッと見ていたが、そのページを手繰《たぐ》る意外な早さに驚くと、自分も負けまいと慌てて読書し始めた。

「リン、こっちだ」

冶金魔法の教室に着くとテオが手を振ってきた。先に席を取っていてくれたみたいだ。周りには普段からテオと仲のいい友達もいれば、普段はいない子もいた。

「ヒーローのご到着だな」

テオが囃《はや》し立てるように言った。

「大袈裟だよ」

リンは恥ずかしそうにしながら席に座った。

「大袈裟なんかじゃないさ。お前はよくやったよ」

「なぁ。ユヴェンの引きつった顔見た時はスカッとしたぜ」

テオの周りにいる子達が言った。リンはヴェスペの剣を発現して以来、妙に持ち上げられていた。

持ち上げるのはみんな平民階級の子達だった。彼らはユヴェン個人というよりも貴族階級に対して思うところがあるようだった。リンは複雑な気持ちになる。

「リン。さっきさ、図書室でユヴェンと一緒にいなかった？」

「うん。なんか絡まれちゃって。『ヴェスペの剣』を出したのは何かズルしたんじゃないかって」

「はぁ～？　なんだそれ。言いがかりかよ」誰かが言った。

「あいつは頭おかしいんだよ」テオが言った。

「テオ、それは言い過ぎだよ」

リンが少し強い口調で反論した。リンはなぜか分からないけれど、ユヴェンを擁護《ようご》したい気持ちになった。

テオはただ肩をすくめてみせる。

「ねぇねぇ、マグリルへイムからの招待状はもう来たの？」

普段あまり話さない子が待ちきれないという感じで聞いてきた。みんなそれが目当てでリンのことを待っていたのだ。

「うん、届いたよ。ほら」

リンはカバンから今朝協会から届いた招待状を取り出す。うわぁ、と歓声が上がった。リンはみんなが見られるよう招待状を回した。みんな争って招待状を見たがる。

手に取っただけで感動してしまう子もいれば、「意外と安っぽい紙だな」とケチをつける子もいた。

「探索隊の様子を教えてね」と早くも土産話に期待する子もいた。

リンは先生が来るまでの間、くすぐったい気分を味わった。

リンとテオは学院内を移動するエレベーターに乗っていた。リンは図書室にテオは協会に用事があり、途中まで一緒だった。

「ねぇテオ」

「ん？」

「マグリルヘイムに加わるのってそんなすごいことなの？　そもそもマグリルヘイムってなんなの？」

「有名なギルドだよ。塔の外でも知られてるぜ。学院を卒業したら、塔の頂上を目指して登る奴らがいるじゃん？　攻略するにあたってみんなギルドを組むんだけどさ。マグリルヘイムはその中でも有力なギルドなんだ」

「そうなんだ」

「ギルドの中には、学生の頃から有望そうな学生に食指を伸ばすところもあるんだけど、そういう学生の青田刈りしてる中ではマグリルヘイムが一番実績があるみたいだな」

「じゃあ、マグリルヘイムの活動に参加すれば引っ越し費用の足しになるかな？」

「どうかな。ギルドは無給で出費も自腹が普通だし、活躍して戦果を持ち帰ってこれるかどうか次第だな」

「うーんそっか」

「まあ魔導師として身を立てたいなら、参加しといて損はないんじゃね？」

「テオはマグリルヘイムに興味ないの？」

「ああ。学院を卒業したら実家の家業を継ぐつもりだから。ここにきたのは、魔法が家業の役に立つから習いに来ただけなんだ。魔導師になれば、世界のどこでも自由に行き来して商売ができるからな」

「そうなんだ」

リンは寂しく感じた。学院を卒業したらテオとは離れ離れになるみたいだ。

「お前は将来どうすんの？」

「僕は……まだ何も決めてないよ」

「そっか」

なんとなく二人とも黙り込んでしまう。

それでもエレベーターが着く頃、テオは明るく言った。

「んじゃ、とりあえずマグリルヘイムに参加すればいいんじゃね。何かやりたいことが見つかるかもしれないし」

24. 募るイライラ

翌日、リンが自習室に入ると、またユヴェンが現れてこっちに向かってくる。

こんな風に毎日ユヴェンに絡まれるなんて。以前無視されていた頃を思えば隔世《かくせい》の感があるな、とリンは思った。

しかも妙に顔が明るい。リンは嫌な予感がした。

「リン。聞いたわよ。あなた奴隷階級なんですってね」

(あーあ、バレちゃったか)

リンはうんざりした。

(誰だよ。言いふらしてるやつ)

「それで名字を言わなかったのね。いいえ。言わないんじゃなく言えなかったというわけね。だってないんですもの」

リンはため息をつきながら静かにユヴェンの方を見た。

「そうだよ。僕はケアレを治めるミルン様の元で奴隷として農作業に従事していた。でも身分のことはあまり気にしないようにしてるんだ。ここでは貴族や平民の子達と同じように授業が受けられるしね」

「あなたが気にしなくても周りはどう思うかしら？　今までと同じように接してくれるかしらね」

（なるほど。それが言いたかったのか）

ユヴェンはリンを脅すネタができたと思っているようだった。

「もう普段から付き合ってる子は大体知ってるけれどね。まあ、でも言いふらしたいならどうぞ。それでみんながどう接するか、どれだけ態度が変わるのか見てみればいいよ」

リンはそれだけ言うと本に向き直った。

ユヴェンはイライラしてきた。テオは突つけばすぐ挑発に乗ってくるけれど、このリンとかいうやつは押しても引いても食いついて来ない。

ユヴェンはリンの本をめくるスピードが相変わらず速いことにもイライラした。もう次の授業の予習が終わりそうではないか。

「ちょっと。もう本を読むの止めなさいよ」

「えっ？　なんで？」

「あなたはもう十分勉強したわよ。これ以上頑張る必要ないわ」

「いやでも僕、週末は工場で一日中働いてるんだ。帰ったらクタクタになって勉強どころじゃなくなってる。こういう時間にでもやっとかないと」

「そんなに本を読んだら頭悪くなっちゃうわよ」

リンはポカンとした。

「ほら。分かったらさっさと本を閉じる。あんたはもっと遊びなさい」

「いやいやいや。ちょっと待って。わかんないよ。なんで本を読みすぎたら頭悪くなるの？」

「『過ぎたるは及ばざるがごとし』っていうでしょ。なんでもやりすぎは禁物よ」

「いや、それはなんか違うような」

「うるさい。つべこべ言わずさっさと本を閉じなさい」

その日、リンはユヴェンの執拗《しつよう》な妨害にあったため、授業の予習を満足にすることができなかった。


「よいしょっと」

授業前の教室。リンはテオの隣に座った。

「？　なんだよ。妙に近いな」テオが訝しがる。

「そんなことないよ」

（このままじゃオチオチ勉強もできないしね）

リンはユヴェンの妨害を免れるため、いつもの方法を使った。つまりテオの陰に隠れるという方法である。リンが奴隷階級であるにもかかわらず、クラスメイトに軽んじられないのはテオの友達だからである。誰もが一目置いているテオの友達ということであれば、みんな迂闊《うかつ》にリンにちょっかいをかけることはできなかった。

（これでゆっくり予習ができる。テオは僕を守ってくれるはずだ。なんたって友達だもんね）

しかし、ユヴェンにこの手は通用しなかった。

リンが安心して本のページを開こうとした時、ユヴェンがやってきた。

「あんた、また予習してるの？」

（げっ）

「そんなに勉強したら頭悪くなるって言ったでしょ。ちょっとこっちに来なさい」

「テ、テオ……」

リンはテオに助けを求めた。

「おい、ユヴェン。いい加減にしろよ」

「あら、テオ。あなたも私に監視されたいの？」

「さて、僕はあっちに行くか」

テオは立ち上がってリンから離れる。

「ちょっ、おいっ!?」

「リン。あんたはこっち」

リンは引っ張られるようにして、彼女の席まで連れて行かれた。

連れて行かれた先には、ユヴェンがいつもつるんでいる派手気味な女の子達がいた。リンの心臓が高鳴る。

「リン、抜け駆けは許さないわ。罰としてあなたには今日から私が友達とお話ししてる間、一緒にお話しに加わってもらいます」

（えっ？　ユヴェンの友達とおしゃべりできんの？　そんなの罰どころかご褒美じゃないか。イエス！）

リンはユヴェンに引っ張られてグループの前に連れてこられた。

「みんな紹介するわ。この子はリン。テオに苛《いじ》められてて、友達がいないの。仲良くしてあげてね」

「あ、どうも」

リンは女子達の好奇の視線に晒《さら》されて、恥ずかしそうに俯いた。その可愛げのある仕草で彼女らはリンに好感を持った。


ユヴェンの友達とおしゃべりするのは、何とも言えず甘ったるい時間だった。

初めは緊張していたリンだが、だんだん辛くなってきた。

彼女達のお話はあんまりにも退屈だった。

ファッション、お店、恋愛関係、貴族同士の醜聞、お茶会、誰が誰の主催するパーティーに呼ばれたかなどなど、リンにとってあんまり興味のないものだった。

彼女らにとって、アルフルドの街で高位貴族からお茶会に招待されるのは自慢の種のようだったが、リンには縁の無い話だった。自分にとって関係のない話題ほど退屈なものはない。

リンは早く彼女たちの輪から抜けて授業の予習がしたかった。

一方で、ユヴェンはリンの学習を妨害できて満足げだった。

かくもユヴェンはリンの学習を妨害し続けたが、リンの成績が落ちることはなかった。またテオの方はというと、さらに絶好調だった。テオが才能を発揮したのは冶金魔法の授業だった。

「通常の冶金技術では鉱石からの金属採取、合金の生成、金属によるコーティングが関の山ですが、冶金魔法を使えばこれらが魔法陣と呪文で簡単にできるだけではなく、一つの金属そのものを他の金属に自在に変化させることすらできます。もちろん万能というわけではありません。魔法による冶金は一時的なものです。一定の打撃が加えられれば魔法が解けて元の物質に戻ってしまいます。鉄くずなどを金塊に変えて市場に流通させた場合、詐欺の罪に問われますので注意してくださいね。この授業においてはみなさんが鉄鉱石を金に変えることを最終目標とします。まあ習いたての皆さんがいきなり金を作るのは難しいと思うので、まずは比較的簡単な銅や銀あたりから始めましょう」

冶金魔法のスリヤ先生が、黒板に鉄鉱石から望みの金属を生成する理論や術式について書いて解説していく。ユヴェンは黒板に描かれた魔法陣や数式を憂鬱そうに眺めた。

(冶金は図形や数学が必要だから苦手なのよね)

彼女は去年もこの授業を受講したが、未だに教科書の前半を読むのにも苦労する有様だった。

(まあでもやるしかないわね。努力あるのみよ)

「おい見ろリン」

テオの声がした。

ユヴェンがテオの方を見ると、彼に支給された練習用の鉱石は鈍い黄金色を放っている。冶金石の下に敷かれた紙には、数式や紋様が複雑に描きこまれた魔法陣が見える。

まだ授業で習っていないはずの魔法陣だった。

「スゲー！　テオ、それどうやったの？」

「なんか教科書の後ろの方に書かれてることを、そのままやったらできた。リン、お前も教科書を後ろから読め」

ゴホン、とスリヤ先生が咳払いをする。

「ガルフィルド。君に冶金魔法の単位を授けましょう。ただ、あとで職員室に来い。リン、お前もだ」

「えっ？　なんで僕まで……」

ユヴェンのイライラは募《つの》った。

（あー、もうっ）

ユヴェンは苛立ちまぎれに、持っていたペンをノートに向かって叩きつける。

25．貴族の事情

リンが自習室で勉強していると、いつもの如くユヴェンが絡んできた。

今日もユヴェンが遠回しに身分格差を煽り、リンが受け流すという構図が続いた。

「人生を楽しむために何が大切なのか、あなたには分かるかしら？」

「いや、分かんないね」

「大切なのは身分よ」

「ああ、そう」

「私はテスエラさんの主催するお茶会にも呼ばれているのよ。あなたが工場であくせく働いている間にも優雅なひと時を過ごしているというわけ。まあ、それもこれも私がきちんとした身分の出だからよ。あなたと違ってね」

「それは羨ましいね」

「あなたには誰か将来を期待してくれる人はいるの？」

「いや、そんな人はいないね」

「でしょうね。私はあなたと違って色々な人に期待の言葉をかけられているの。ケイリア教授は見込みがあると言ってくれたし、ジャヌルさんは、私は他の子よりも覚えが早くて期待できるって言ってくれたわ」

「はいはい。君はみんなに愛されて本当に人気者だね」

そう言うとユヴェンの顔がサッと曇って俯いた。

（あ、あれ？）

リンはユヴェンの思いも寄らない反応に意表をつかれた。

何か地雷を踏んでしまったのかもしれない。リンは彼女の表情をうかがうように見てみた。よく見ると唇の端を噛んでいる。

「認められなければ意味がないのよ」

彼女は呪詛《じゅそ》のようにそう呟いて、それきり黙ったままになった。リンも何と声をかけていいかわからなくて押し黙った。

二人はしばしの間、気まずい時間を過ごした。


リンはすっかり消耗して、ドブネズミの巣へと向かうエレベーターに乗り込んだ。

彼は今日もたくさんユヴェンに付きまとわれた。

最近、彼女はクラスや図書館で彼を見張るだけでは飽き足らず、リンの学院外のことも管理しようとしていた。

自室でどれくらい予習したか聞き出す。さらにその内容に嘘偽りがないか細かく質問し、尋問した。リンは彼女に会っている間、裁判所に出廷させられた容疑者のような気分になった。

リンは彼女をごまかすために言い訳を考えなければならなかった。

少しでも矛盾したところがあると厳しく詰問《きつもん》して責められた。

「ユヴェン、僕がズルしていないのはもう分かっただろ？　どうしてそんなに僕のこと監視するんだよ？」

「平等のためよ。学院は平等をモットーにしているのよ。あなただけ抜け駆けするなんて許さないわ」

「平等のためって……君は抜け駆けと不平等の権化みたいな存在じゃん」

「ああん？　だったら何よ。立ち位置によって主張を変えるのは自然なことだわ。若い頃、老人を馬鹿にしてた奴だって、ジジイになったら若者叩きを始めるわ。賄賂《わいろ》を受け取った政治家だって失脚したら汚職してる奴らを批判するでしょ。そういうことに対して『お前が言うな』って言う輩もいるけれどね。私にそんな屁理屈通用しないから。抜け駆けしてるやつを見かけたら非難するし、不平等な扱いを受けたら抗議します。これは自然法の要請に従った正当な権利の行使よ。反論は許さないわ」

リンは言葉を失った。

彼はちょっとしたノイローゼになりつつあった。

自室ですら本を開くたびに、ユヴェンがあの甲高い声で注意してくるんじゃないかとキョロキョロ見回したし、少しページを進めると、またユヴェンが周りにいないかと周囲を見た。声が聞こえてこなければ、それはそれで不安になった。

リンが『ドブネズミの巣』に帰ると、テオはすでに帰っていた。ろうそくの灯りをつけて本を読んでいる。

「おう、おかえり」

テオが声をかけてくる。

リンはテオを裏切り者を見るようにジトッとした目で見る。

「何だよ？」

「君はいいね～。自由に本が読めて」

「君と違って厄病神が付いていないからね」

テオはニヤリと笑いながら言った。

「そうだね」

リンは溜息をつきながらベッドに腰掛けた。

「ねぇ、テオ。ユヴェンってさ……」

「なんだい？」

「ちょっと頭おかしいんじゃないかな」

テオは吹き出した。

「遅いよ。ようやく気づいたのかい？　僕はずっと前からそう言ってたじゃないか」

「そうだね。君の言うことが正しかったようだ。彼女はとんでもない厄病神だよ。僕は彼女の可愛らしさに目が眩んで、彼女のストーカー気質を見抜けなかった」

「君も女に弱いねぇ」

「ねぇ、テオ。ユヴェンってさ、本当に貴族なの？」

「……どういう意味だい？」

「僕の故郷は僻地だったけれどさ。それでも領主様はれっきとした貴族階級だったし、その子供達も品があった。ユヴェンよりも、もっと行儀良かったような気がする」

「別に貴族でも素行の悪いのはいくらでもいると思うけど」

「んー。でも、それ以前にユヴェンの場合は何ていうか……余裕がないっていうかさ。身分のことでガツガツしすぎじゃない？」

「そうだね」

テオは腕を組んで少し考えるそぶりをした。言うべきかどうか悩んでいるようだった。

「あんまり人の身の上について話すのは好きじゃないけれど、君になら話してもいいかな。他言しちゃダメだよ」

「うん」

「ユヴェンは貴族であって貴族ではない」

「？……どういうこと？」

「彼女の父親は平民階級なんだ」

「えっ!?　じゃあ……」

「彼女は平民階級の父親と下級貴族の母親の間に生まれた中途半端な貴族だ」

（そうか。それで）

リンは初めて彼女と会った時、テオと彼女の間で交わされた言葉を思い出した。

「彼女の本名、ユヴェンティナっていうのは僕の国の言葉では貴婦人っていう意味で、彼女の父親、スノルヴァが『本当の貴婦人になれますように』っていう願いを込めてつけたんだ。

スノルヴァは鉱山の経営で一山当てた成金でさ、さらにガレット家の娘と恋仲になった。初め、彼らの結婚はガレット家の方で認められなかったんだけれど、後継ぎになる予定だった男の子が早死にしちゃってさ。ユヴェンの他にガレット家の血筋を引くものがいなくなった。おまけに不況のあおりを受けてガレット家の財政が傾いた。ガレット家はスノルヴァの経済力とユヴェンの血統を頼りにせざるをえなくなったというわけ。今のところ、一応ユヴェンはガレット家の正式な後継者ということになっている。でも、まだその立場は不安定だ。スノルヴァが平民階級であることを根拠にユヴェンをガレット家の正統な後継と認めない奴らがいる。しかも当のスノルヴァがガレット家より身分の低い家、つまり下級貴族以下から来た縁談をことごとく断る始末。スノルヴァは上級貴族になりたがってるんだよ。そのためには外国の上級貴族と結びつくしかない。ユヴェンに魔導師の才能があったのはスノルヴァにとって僥倖《ぎょうこう》だったと思うよ。この塔でユヴェンが外国の貴族と結ばれれば、上級貴族への道が開かれるからね」

「そうだったのか」

「昔、僕とユヴェンはよく一緒に遊ぶ仲だったんだ。スノルヴァと僕の父は商売仲間でよく一緒に仕事していたからね。なのに貴族階級になった途端、急によそよそしくなっちゃってさ。まあそれはいいんだけれど、ユヴェンはもっと変わってしまった。彼女は小さい頃からお転婆な感じはあったけれど決して相手の身分を見て態度を変えるような子じゃなかった。でもいつからか身分を鼻にかけるようになって目に見えて高慢になっていった。あの父親いったいどんな教育したんだか」

（そんな事情が……）

その日の夜、リンはベッドに寝転がりながらユヴェンの言っていたことを思い出していた。

――認められなければ意味がないのよ――

あれは一体どういう意味なのだろう。彼女は誰に何を認めて欲しいんだろうか？

（変だな。ここにきてから僕は考え事ばかりしている）

ケアレにいた頃は、こんな風に夜中に寝床で考え事をして眠れぬ夜を過ごすことなんてなかった。ここよりもずっと寝心地の悪い馬小屋のような場所で寝ていたが、それでも夜はぐっすり眠ることができていた。

（やめよう。貴族の事情なんて僕が考えたってわかりやしないんだ）

リンは寝返りを打って頭の中から考え事を追い払おうとした。しかしその夜、彼の頭の中ではテオとユヴェンの言っていたことが、いつまでもぐるぐると回って彼の安らかな眠りを妨げ続けた。

26. コネクションの大切さ

午後のうららかな昼下がり。授業と授業の合間。例によってユヴェンが図書室で自習するリンに対してちょっかいをかけていた。

「リン、私は重要な事実を見落としていたわ。学業で優秀な成績を収めても意味がないのよ」

「ふーん」

リンは適当に相槌《あいづち》を打ちながら教科書のページをめくる。

「何よ、その態度？」

「別に」

テオからユヴェンの背景を聞いた後、リンの中で彼女に対する心情には微妙な変化が起こっていた。リンが彼女に対して抱いた新しい感情、それは「憐《あわ》れみ」だった。今までリンは彼女に対して憧れにも似た感情を持っていた。彼女はどれだけ望んでも手の届かない存在、自分には関わりのない別世界の住人。それゆえに彼女がその境界線を超えて関わってくることに、リンはうろたえ動揺していたのだ。

しかし彼女の事情を知って、貴族もいろいろ大変なのだと知ると、一種の同情と親しみのようなものが湧いてきた。リンの中でユヴェンを冷静に見る余裕のようなものが生まれつつあった。

「まあいいわ。リン、人生を成功させるために必要なもの。あなたは何だと思う？」

「さあ、分からないね」

「それはコネクション、つまり人間関係よ」

（ほう）

リンはユヴェンの話に興味を持った。

実際、今までユヴェンが話してきたことの中では一番ためになりそうな話だった。

「ふむ。続けたまえ」

リンは本を閉じて彼女の方に向き直る。

ユヴェンはリンの鷹揚《おうよう》な態度に引っかかるものを感じながらも話を続ける。

「人間は一人では何もできないわ。他人と助け合うことで初めて大きな仕事ができるの。それほどれだけ偉大な魔導師でも変わらないわ」

「ふむふむ」

リンは頷いて熱心に耳を傾ける。ユヴェンはリンの注意を引けていることに満足して話を続ける。

「そして人間社会には上下関係がある。貴族と奴隷、上司と部下、政府と国民」

「そうだね」

「悲しいけれど、上下関係がある方が効率よく社会を動かせるの。さらに人間社会は上下関係によって就ける職業が決まっているわ。一般的に社会の上層部に位置した方が、より高度で多くの人に対して影響力を持つ職業につけるの。逆に言えば、社会の下層部に位置する人でも上層部の人と仲良くなれば、その影響力を利用することができるわ。ゆえに上流の人とコネクションを持つことが大事ってこと。そこで重要なのが学院よ。学校をただお勉強するだけの場所とみなすのは浅はかな考えだわ。大事なのは同年代の子供達と一緒に勉強して交流できるということ。実社会に出る前に社交の訓練をするための絶好の場所になるというわけね。学院なら世界各国から魔導師の才能を持った同年代の子供達がたくさん集まってくる。さらに私達は世界共通言語である魔法語を話せるわ。外国の貴族の子達と親睦を深めることも可能。学院は熱心に先生の話を聞いて授業の単位を取る場所というだけでなく、将来のキャリアのために有望なお友達と繋がる場所でもあるというわけ。学院での交友関係が将来の魔導師としての功績に著しい差をつけるの。お分かりかしら？」

「なるほど。だから君は上流階級の子たちに積極的に話しかけたり、たくさんお茶会に出席してる

「というわけだね」

「まあ、そういうことね」

 ユヴェンは誇らしげに胸を張る。

 リンは彼女の持論に素直に感心した。彼女なりに立派な魔導師になるため色々考えているんだな、と思った。

「君の話を聞いてコネクションが大事ってことはよく分かったよ。その上で聞くけれど、僕のような身分の低い人間が、上流階級の人とコネクションを作るためにはどうすればいいの？」

リンがそう聞くと、ユヴェンはニヤリと意地悪な笑みを浮かべた。

「コネクションを作るために必要なもの。それは身分よ。だから奴隷のあなたにチャンスはありません。残念でした～」

「君に期待した僕が馬鹿だったよ」

リンは机に向き直って、再び本のページをめくり出した。

「あん？　何よ、その言い草は。ちょっと。こっち向きなさいよ」

(役に立つ話が聞けると思ったのに)

リンはがっかりして、また深いため息をついた。

「こっち向けって言ってるでしょ。おい、コラ！」

ユヴェンは杖でリンの椅子を突つく。さほど力を入れていないにもかかわらず、魔法の力でリンの椅子はガタガタと揺れた。

「ちょっ、何すんだよ、おい！」

リンはとっさに机にしがみつくことで、かろうじて椅子から転げ落ちるのを防いだ。椅子はバタンと音を立てて倒れた。

「ちょっとここに座りなさい」

ユヴェンは杖で床をガンガン叩いて見せた。リンは彼女の言う通り床に正座する。

「あんた私にバカにされて悔しくないの？　いっつもいっつもそうやってヘラヘラして、自分には関係ありませんって顔をして。ちょっとは言い返してみなさいよ。だいたいあんたはね……」

ユヴェンは腕を組みながら叱り飛ばすように怒鳴り声をあげたかと思えば、くどくどと説教を始める。

（なんだこれ。僕が悪いのか？）

傍目《はため》にはリンが悪いことをして叱られているように見える。

（なんで僕がユヴェンに説教されなきゃいけないんだ……）

「あんたはどう思ってるのよ？　あんたの考えを聞かせてみなさい」

リンは仕方なく自分の考えを話すことにした。

「ねぇユヴェン。君は何か勘違いしてるようだけれどね。僕は今の待遇に結構満足してるんだ」

ユヴェンの顔が引き攣《つ》った。リンはまた何か彼女の中にある地雷を踏んでしまったのだとわかった。けれども気にせず続けた。

「僕の故郷は本当に貧しい場所だったんだ」

リンは故郷での暮らしを思い出す。リンの故郷・ミルン領は決して豊かではないが、おおらかな場所だった。もちろんリンは奴隷として労働に励まなければならなかったし、家族がいないのを寂しく感じなくもなかった。しかし隣人達は皆リンの境遇を憐れんでくれて優しかった。同じ奴隷仲間や平民階級の人々も、みんなリンを家族のように扱って接してくれた。

ところが戦争が起きて全てがおかしくなった。隣国の兵隊達がミルン領に押し寄せてきて、橋や道路を破壊し作物を刈り取って家々に火をつけた。

幸い兵隊達は畑を荒らしただけで死人が出ることはなかった。しかしそれが裏目に出た。土地が荒廃し収穫できる作物が減る一方で人間の数は変わらないまま。ミルン領では人々を養うために必要な食料が不足した。リンは自分の元に届く食べ物が日に日に少なくなってひもじい思いをしたが、それよりも辛かったのは今まで優しかった人々が冷たくなっていくことだった。

ミルン領では諍いが絶えなくなり食料の盗難が頻発した。

みんな家の鍵を固く閉ざし、互いに疑心暗鬼が広がって一気によそよそしくなっていった。

戦争が起こるまでは、例えば子供が果樹園に入って果物をくすねてもゲンコツ一つで許された。それがすぐに鞭打ちに変わり、やがて投獄に変わり、ついには死刑にされる子供まで出てきた。

「そりゃあ、ここよりも高い場所に行けたらと思わないこともないけれど。それでも故郷の暮らしに比べたら今は豊かだし教育も受けられる。希望があるよ。僕は満足なんだ。僕には君と違って無理して上を目指す理由もないからね」

「満足？　満足ですって？」

ユヴェンは怒りに身を震わせた。

「あんた分かってんの？　身分が低いと身分が高い奴らに馬鹿にされるのよ」

「身分が高くても馬鹿にされると思うけどね」

リンはこの塔に来て初めて知ったが、平民階級の間で最も盛り上がるのは、貴族の醜聞に関する話題だった。

「ハハッ。じゃあいつまでもそうやって飄々としてろよ。今にあなたも、この塔の本当の恐ろしさを知ることになるわ」

ユヴェンはそれだけ言うと、さっさと立ち去って行ってしまう。

リンはポカンとして彼女が去っていくのを見送った。


その夜、リンはユヴェンの言ったことがいつまでも頭にこびりついて、なかなか眠れなかった。

言われたその場では大して気に留めなかったが、後から考えると何やら重大なことのように思えてきた。彼女の言い方には尋常ではないところがあった。

リンはユヴェンの言っていたことについてテオに相談してみた。

「ほっとけ。あいつは俺たちを怖がらせたくて必死なんだよ。そもそも、あいつがここにいる期間は俺達とたいして変わらねーだろ。あいつがこの塔の何を知ってるんだっつーの」

テオはそう言ってくれたが、それでもリンは不安を拭い去ることができなかった。

ここのところ平和でリンは忘れていたが、この塔の住人は子供に猛獣と戦わせるようなことを平気でさせる連中だ。このままで済むとはとても思えなかった。本当に今のままで大丈夫なのだろうか？

リンはその日もまた考え事で眠れぬ夜を過ごすことになった。

27. 魔獣の森とお姫様

リンは朝早くから起きて下層へ行くエレベーターに乗り込んだ。今日はいよいよマグリルヘイムの一員として魔獣の森の探索に参加する日だった。

リンはエリオス達とレンリルの街で待ち合わせした後、塔の外に出て魔獣の森へ行くため、トロッコに乗り込んだ。

魔獣の森はちょうど塔の北側に茂《しげ》っていた。

「どうだリン。自分だけ授業をサボった感想は？」アグルがニヤニヤしながら聞いてくる。

「格別ですね」リンもニヤリとしながら答えた。

魔獣の森への探索は、一週間の泊まり込みの合宿だが、その間、授業は通常通り行われている。課外活動という扱いで探索に参加する者のみ授業を欠席することが認められた。みんなが授業を受けている最中に、自分だけ屋外に出て別のことをしているというのはなんとも不思議な気分だった。

「リンは魔獣の森に行くの初めてだっけ？」エリオスが聞く。

「はい。ここはまだ魔獣の森ではないんですか？」

リンたちの乗るトロッコの周りには、すでに鬱蒼《うっそう》とした木々が生い茂っていた。

「違うよ。ここはまだ普通の生態系だろう？　魔獣の森は長年魔力の影響を受けているから、普通の森では見られないような特殊な木々が生えている。まあ入り口に着けば分かるよ」

トロッコに揺られて一時間ほど経つと魔獣の森の入り口に到着した。魔獣の森の入り口付近を見てリンはエリオスの言ったことの意味が分かった。普通の森は茶色と緑を主とした暗く地味な色調で鬱蒼としているが、魔獣の森は赤と青、黄の入り混じった極彩色でカラフルに構成されていた。その毒々しい色合いから一目で通常の森にはない危険が潜んでいるとわかる。

トロッコの終着点と魔獣の森の入り口の間には、辺り一面木々が伐採され肌色の地面がむき出しになっている場所があり、普通の森と魔獣の森の緩衝《かんしょう》地帯のようになっていた。くつろぐためのベンチ代わりの丸太や風雨をしのぐためのロッジも建てられている。魔獣の森を探索するギルドはここで集合してから入ることになる。

リン達が到着すると、すでに大勢の生徒たちがたむろしていた。それぞれ丸太に座って談笑したり、地図を広げて何か相談している。皆今日は学院生の証である紅のローブではなく白色の狩装束を着ていた。シーラもいつもは垂れているその長い黒髪を後ろでくくってポニーテールにしている。

リンは普段見られない彼女の首筋付近の肌をついつい盗み見てしまう。

リンはティドロを探したが見当たらなかった。

「ティドロはまだ来てないようだね」

エリオスが周りを見回して言う。

リンのために探してあげているようだった。

「他にマグリルヘイムのメンバーは……。あっ。イリーウィアだわ。おーい。イリー！」

シーラが知り合いを見つけて声をかけた。

シーラが丸太に腰掛ける栗色の豊かな髪をたたえた女性に話しかける。

（あっ、この人……）

リンは彼女に見覚えがあった。工場で上級貴族が暴れていた時、光の橋をかけた人物だ。

（マグリルヘイムのメンバーだったのか）

「あら、シーラさんおはようございます。エリオスさんとアグルさんも」

イリーウィアと呼ばれた女性がリン達に向かって微笑みを向けてくる。

リンはイリーウィアの微笑する仕草だけで参ってしまった。その優雅さと奥ゆかしさはまさしく上流階級にふさわしいものだった。彼女もリン達と同じ学院規定の狩衣を着て、髪を三つ編みにしてまとめていたが、それでも内側から滲み出る気品は隠しようもないものだった。

（やっぱりこれが本当の貴族だよなぁ。ユヴェンとは大違いだ）

イリーウィアは、シーラの側に彼女がいつも一緒に行動しているエリオスとアグルの他に、見慣れない少年がいることに気づいた。

「シーラさん。この子は？」

「紹介するわ。この子はリン。初等部にしてマグリルヘイムの探索隊に選ばれた噂の子よ」

「まあ、あなたが？」

イリーウィアはジッとリンのことを見つめてくる。

リンはいつも通り顔を赤くして俯いた。

「リン。粗相《そそう》しちゃダメよ。彼女はやんごとなき身分の方なんだから」

「知ってますよ。上級貴族なんでしょう？　以前、工場で上級貴族の方々と一緒に光の橋を渡っているのを見かけました」

「それどころじゃないぜ」

アグルがニヤリと笑う。これはいつも彼が人を驚かそうとしている時の仕草だった。

「？」

「リン、彼女はウィンガルド王国第五位王位継承者、イリーウィア・リム・ウィンガルドよ」

シーラがアグルをたしなめるように咳払いしながらいう。

「えっ？　それって……つまり……」

「彼女は王族。いわゆるお姫様ってやつよ」

（お姫様……）

リンは目を丸くした。目の前にお姫様がいるというのが信じられなかった。リンにとってお姫様なんていうのは雲の上の存在で、その存在は童話の本以外で人生において関わることのないものだった。

「冗談ですよね、シーラさん。お姫様がこんなところにいるなんて」

「あー、何よリン。私の言うこと疑ってるの？」

シーラが頬を膨らませてみせる。

「彼女は本当にお姫様よ。貴族階級だって魔導師になるため塔にやってくるんだから、王族がいてもおかしくないでしょ？」

リンはシーラの言葉を聞いて愕然《がくぜん》とした。そして恐れおののいた。

「ど、どうしよう!?　僕、お姫様だなんて知らなくって。気安く話しかけて無礼な態度を取ってしまって……」

リンは傍目にもおかしいくらい動揺した。

「ふふ。大丈夫ですよ。気にしないでください」

イリーウィアはあくまで柔らかい物腰で対応する。

「王族と平民とはいえ同じ学院魔導師です。塔においての身分は生まれ持っての身分ではなく、何階層に所属しているかによって決まります。私達はお互い五十階層に所属する学院魔導師。だから、どうかあなたも気安く接してくださいませんか？」

「そうよリン。私達だってイリーとは友達関係なんだから。あなたも遠慮することないわ」

シーラが言った。

「は、はあ」

リンはシーラにそう言われても、イリーウィアに対して対等に接することに抵抗があった。

確かに学院は魔導師である限り生徒を平等に扱うことを建前にしているが、教室には平民と貴族の間で厳然《げんぜん》とした身分の壁があった。

それにシーラ達は平民階級だが、リンは奴隷階級出身だ。

イリーウィアがこういう態度をとるのも、リンのことを平民階級と思っているからで、本当のことを知ったらユヴェンのようにあっさり態度を変えるのではないだろうか。

彼は学院でそのような体験を何度もしてきた。それは貴族階級との間だけでなく平民階級の子達との間でもしばしばあることだった。

「お、ティドロだぜ」

アグルがティドロを見つけて言った。

リンがアグルの視線の先を追うと、ティドロが魔獣の森の中から出てきているところだった。

(あ、あれ？　なんでもう森の中に入ってるの……)

リンは戸惑った。森の中に入る予定時間には、まだなっていないはずだった。

「全くティドロのやつ、また独断先行してるわ」シーラが呆れたように言った。

「先手先手が彼のモットーだからね」エリオスも諦め気味に言う。

ティドロの姿を認めるとイリーウィアは立ち上がった。

「では、私はこれで失礼しますね。ティドロさんが到着したということは、もう直ぐ集合がかけられるはずですから」

「ええ、リンのことをお願いね」シーラが身内を預けるように言った。

「はい。ではリン。一緒に行きましょうか」

リンは心の整理がつかないまま、イリーウィアと一緒にマグリルヘイムの集合場所に向かった。

行くまでに、イリーウィアの後ろについていくべきか横に並ぶべきなのか分からなくて、ギクシャクした歩き方になってしまう。


「おお、リン。来たか」

リンの姿を認めるなりティドロが声をかけてきた。

「はい。今日はよろしくお願いします」

「ヘイスール。リンに例のアレを」

「はい」

マグリルヘイム・学生部の副リーダーであるヘイスールがリンの横に寄って肩に手を置く。

「？」

リンが訝しんでいるとヘイスールが呪文を唱えた。肩に獅子の紋章が浮かび上がる。

「これは……」

「それはマグリルヘイムの紋章だ。君はまだ仮入団という扱いだから、みんなとは違うものだけれどね」

リンが他の団員の紋章と見比べてみると、確かに微妙に色合いやシルエットが異なっている。

「リン。君の身分のことについては聞き及んでいるよ」

ティドロが厳かな調子で言った。リンはなんと返せば良いかわからずティドロの次の言葉を待つ。

「学院の教室ではきっと身分のことについてずいぶん思い悩んできただろう。初等クラスにはまだ閉鎖的な雰囲気があるからね。しかし、ここマグリルヘイムで大切なのは身分よりも実力だ」

「はい……」

「君は仮入団だが、だからといって特別扱いするつもりはないよ。僕は君の働きに期待している。ここで成果を挙げればクラスメイト達の君を見る目も変わるはずだ。今日は是非とも大物の魔獣を狩って、君の実力を見せてくれ」

「……っ。はい。頑張ります」

リンはティドロのまっすぐな視線に気後れしながらも、はっきり答えた。

「よし。では、いつも通り組み分けから始めよう」

28. 組み合わせのくじ

「いつも通りくじでペアを決めまーす。一人一つずつ取ってくださーい」

マグリルヘイム学生部・副団長のヘイスールが、くじ引きの箱を持ってメンバーの間を回り、くじを引かせていく。

マグリルヘイムでは二人一組でパートナーを作って森を探索するのが慣例となっていた。

リンもくじを引いた。引いたくじには流星のイラストが描かれていた。

「俺は太陽か」

「月の人、誰～？」

くじを引き終わった人から次々自分のパートナーを探していく。

リンも自分と同じイラストのくじを引いた人を探して回った。

まだパートナーが見つかっていない人を中心に声をかけていく。

「あの、すみません。流星の人ではありませんか？」

「あ、ごめん。俺じゃないわ」

「あら？　あなたが流星ですか？　奇遇ですね」

リンが声の方を向くと、そこにはイリーウィアがいた。

「イリーウィアさん」

「私のパートナーはあなたのようですね。今日はよろしくお願いします」

彼女の手には流星のイラストが描かれたくじが握られていた。

「お、リンはイリーウィアと一緒か。これはちょうどいい組み合わせになったな」

通りすがりにディドロがリンに話しかける。どうやら二人の会話をたまたま聞きつけたようだ。

「彼女はこの年齢ですでに精霊魔法と魔獣学の権威だ。この森においては彼女の隣より安全な場所はない。思い切って森の探索に励むといい」

流星のくじを二枚重ねると、くじは青い炎となって箱の中へと戻っていった。

「全員パートナーは決まったようだね。みんなー、集合してくれ」

頃合いを見て団長のティドロが号令をかけた。

「学院からの通達を伝える。今回もいつも通りだ。夏季の探索において、学院生は比較的安全なブルーエリアのみ探索するようにとのことだ」

魔獣の森は大きく分けてブルーエリア、イエローエリア、レッドエリアの三つがある。それぞれ樹木の色が青、黄、赤のものが多いエリアのためそう呼ばれている。森はブルーエリアから始まって、イエロー、レッドの順に深くなっていき、深くなればなるほど危険度が増していく。

学院生の夏季探索隊はブルーエリア以外を探索することは禁止されている。

「一応、学院からの通達は守らなければならない。だが何らかの事情から止むを得ず、例えば危険を一時的に避けるためなど、そういう場合にはイエローエリアやレッドエリアに侵入しても致《いた》し方ないだろう。各自、臨機応変に対応するように」

メンバーのほとんどが示し合わせたようにニヤリと笑う。リンにはこの意味がよくわからなかった。

「今日の集合場所はブルーエリアの第二キャンプ場だ。各自午後五時までには着くように。僕からは以上だ。装備のチェックを終えた組から順に森の中に入っていってくれ」

ティドロの話が終わると、マグリルヘイムの面々は解散して森の入り口に設置された魔導師協会支部の方に向かった。

学院魔導師達は森に入る前に協会から派遣されたものによって、規定の装備を備えているかチェックされることになっている。

リンとイリーウィアがチェック待ちの列に並んだ頃には、すでに長蛇《ちょうだ》の列ができていた。しかし職員は手際よくチェックしていったため、列は瞬《また》く間に消化されていく。すぐにリン達の番が近づいてきた。

「はい、指定通りの狩衣ですね。では次に指輪を見せてください。オーケーです。では次の人」

リンとイリーウィアの少し前に並んでいる人がチェックを通過する。

（ん？　指輪？）

リンは今になって思い出した。そういえば事前にもらった栞に指輪を自前で用意するようにと書かれていたことを。協会に申請すれば借りることができるとも書いていた。しかしリンは用意するのを忘れていた。

（や、やばい!?）

リンは顔を真っ青にして狼狽する。いつか学院の帰りにアルフルドの指輪屋に寄らなければと思っていたが、ユヴェンに付きまとわれたり、いろいろあったせいですっかり忘れていた。

（ど、どうしよう？）

ティドロに相談すればなんとかしてくれそうだが、初日から忘れ物をしたなんてことを言えば呆れられるに違いなかった。

それどころか怒られるかもしれない。そのまま塔に送り返されることもありうる。

「あら？　どうしたんですか、リン」

イリーウィアがリンの顔が真っ青なのに気づいて声をかける。

「い、いや、その……ですね……」

リンはとっさに手をポケットの中に入れた。イリーウィアはその仕草を敏感に読み取る。

「もしかして指輪を持っていないんですか？」

「うっ……、は、はい」

リンは観念した。きっとティドロに言いつけられて絞られるに違いない。リンはこれから行われるであろう説教を想像して気分を落ち込ませた。

「ふふ。そんなにしょげなくても大丈夫ですよ。これをつけなさい」

イリーウィアは自分の指に嵌められた指輪を抜き取ってリンに手渡す。

「えっ？　でも……」

リンがイリーウィアはどうするのか聞くより前に、イリーウィアの指にキラキラ光るものがまとわりついて指輪を形成し始める。

（あっ、『物質生成魔法』！）

イリーウィアの指には先ほどと同じように指輪が嵌められていた。見た目は今リンの手のひらに乗っている指輪と全く遜色ない。

（す、すごい。でも……誤魔化せるのか？）

リンはハラハラしながら順番を待ち続けた。

「はい、次の人どうぞー」


「ふー、助かったー」

「ふふ、ちょっとドキドキしましたね」

二人は無事検査を通過し森に入る許可を得て、今は森の前に来ていた。

「助かりました。初日から忘れ物で怒られちゃ目も当てられないところでしたよ」

「ティドロさんは厳しい人ですからね。バレれば、それはもう鬼のように顔を真っ赤にして怒られますよ」

イリーウィアが両手の人差し指をこめかみあたりに立てて見せる。案外茶目っ気のある人のようだった。

「ええ、本当にイリーウィアさんにはなんとお礼をいったらいいか。あ、でも大丈夫なんですか？　その指輪は偽物なんでしょう？　その装備で森に入ったら危ないんじゃ」

リンとイリーウィアはすでに森の目の前にいる。ここから先はいつ魔獣に遭遇してもおかしくない。

「大丈夫ですよ。もともと私に指輪は必要ありません。この子がいますから」

その言葉を聞くやいなやリンは寒気を感じた。リンとイリーウィアの間にある空気の密度が急に濃くなったように感じられる。

(何か……いる?)

「おや、気づきましたか。さすがに鋭い感覚をお持ちですね。ではもう少し魔力を濃くしてみましょう」

リンの目にイリーウィアの周囲を薄ぼんやりとしたものがまとわりついているのが見えた。それは人間の女性のような姿形をしているが、実体がなくイリーウィアの周りをふわふわと浮きながら漂っている。生き物でないことは確かだった。

「彼女はシルフ。我がウィンガルド王国に代々伝わる精霊です。彼女が付いていれば私に危険はありません」

リンは初めてこのようなしっかりした姿の精霊を見た。いつも妖精魔法の授業で見る精霊は、霊魂のようにぼんやりとした輝きだったり、物質に宿ったものだけだった。これらのぼんやりした精霊に比べ、彼女の精霊の方がはるかに強力なのは明らかだった。

リンはこの距離からでも精霊の魔力の強さに眩暈《めまい》を起こした。纏わり付かれている彼女は平気なのだろうか。イリーウィアは至って涼しい顔をしている。

「まだ、あなたにこの子の魔力は辛いようですね。少し魔力を抑えていただけますか」

イリーウィアが命じると精霊の姿はどんどん薄くなり、やがて目に見えなくなって存在すら感じられなくなった。

「では行きましょうか」

イリーウィアは散歩にでも行くような調子で、どぎつい色を放つ青い木々の中に足を踏み入れて行った。

29. 王族と奴隷

リンとイリーウィアは道なりに森を歩いた。しばらくは同じタイミングで森に入った人達と一緒に集団で歩いていたが、分かれ道の度に人数が半分になっていった。他にも途中で立ち止まって植物を採取したり、茂みの中に入る人などがいて、やがてリンとイリーウィアは二人きりになった。

二人は分かれ道の度に、杖を地面に立てて放して倒れた方向に進む、というやり方で道を選んだ。

「いいんですか？　こんな適当な方法で道を選んで」

「ええ、ブルーエリアの間はどの道をたどってもそれほど変わりませんから。それに地図を渡されたでしょう？」

「ええ」

リンはカバンから地図を取りだす。地図には森のあらかたの全体図と集合場所となる幾つかのキャンプ地、そしてキャンプ地に至るまでのルートが記されている。地図の中には細かくマッピングされた地帯と未だ不透明な地帯がある。ブルーエリアのほとんどはかなり細かくマッピングされている一方、イエローエリア、レッドエリアと、深くなればなるほど不透明な箇所が増えていった。

「地図よ。現在地を示せ」

リンが呪文を唱えるとブルーエリアの中に光が灯る。二人の現在地を示す光だ。彼らのたどっているルートはキャンプ地まで最短というわけではないが、そこまで大きくルートから逸れているというわけでもない。

「午後五時までに間に合いそうですか？」地図を眺めるリンにイリーウィアが声をかける。

「ええ、問題なさそうです」

「ではもう少しこの方法で進みましょう」

また分かれ道にさしかかった。イリーウィアは杖を地面に立てて手を放す。杖は右寄りに倒れた。

リンとイリーウィアは右の道に進んだ。


森の中を歩いているとリンの周りで時折《ときおり》パッパッと光が瞬《またた》く。リンに攻撃してこようとしている毒虫を指輪が焼き殺しているのだ。それにしても先ほどから毒虫の数がやけに多かった。やはり指輪なしで入るには危険な森なんだな、とリンは思った。

一方でイリーウィアの周りには一切光が瞬くことがなかった。虫の方でも彼女の精霊の力の強さを感じて敬遠しているのだ。リンはイリーウィアに対して底知れない強さを感じた。

二人は道中特にやることがないので雑談した。

「リンは塔の学院以外で何か魔導師の訓練を受けたことがあるんですか？」

「いいえ、僕は学院でしか魔導師の修行をしたことがありません。イリーウィアさんは塔の学院以外で訓練を受けていたんですか？」

「私は王家直属の機関で幼年の時期から魔導の教育を受けていました。充実していましたが、お友達が少ないのが少し寂しかったですね。しかし、だとすればリンは本当に一回目で『ヴェスペの剣』を出したわけですか。ふむ、やはり凄いですね。」

「いえ、それほどでもないですよ」

「いえいえ、なかなかできることじゃありません。まあ私は幼年部でヴェスペの剣を出しましたが」

「いやあ、それほどでも……えっ？」

「私は何度も頑張ってようやくできましたからね。やはりリンは凄いと思いますよ」

「は、はあ」

リンは少し落ち込んだ。この年齢でヴェスペの剣を出せるのは自分だけじゃないか、そして自分には天賦《てんぷ》の才能が眠っているんじゃないか、と秘かに思っていたからだ。

（上には上がいるんだなぁ。）

リンの中の自信が少し揺らいだ。

果たして自分の才能はどのくらい希少なのか、またその才能は魔導師全体の中でどのくらいの位置付けなのだろうか。

リンは思い悩まずにはいられなかった。

「学院以外で魔導の訓練を受けていないということは……あなたは平民階級の方ですね」

「いえ、僕は……その……奴隷階級出身なんです」

「ああ、それで名簿に名字がなかったんですね」

リンは正直に答えたものの、顔を赤くして俯いてしまう。

「では私は運がいいですね」

「えっ？」

「私は王族なのですが、統治の必要から下層階級の人の暮らし向きについて知りたいと思っていたのです。ウィンガルド王国にも奴隷階級や労働者階級の方はたくさんいますからね。普段から私の周りには王族や上級貴族の方しかいませんから、あなたのような方と付き合えるのは得難《えがた》い経験ですわ。こういう身分外の方との出会いがあることも学院のいいところですね」

そう言ってイリーウィアはにっこりと微笑む。リンは彼女の顔をまじまじと見た。

そこに社交辞令からくる嘘偽り、よそよそしい態度などは感じられない。

彼女の笑顔はどこまでも曇りのないものだった。彼女は本心からリンとの交流を喜んでいるように感じられた。

（不思議な人だな。奴隷階級をありがたがるなんて……）

「変わっていますね」

「そうでしょうか？」

「奴隷階級であることを教えて勉強になるなんて言われたのは初めてですよ」

「私は自分以外の誰をも先生だと思うようにしているんです。実際、誰からでも何かしら学べることはあると信じています。リン、あなたは私に何を教えていただけますか？」

イリーウィアはリンをじっと見つめてくる。リンはその瞳の真摯《しんし》さにたじろいだ。

「僕にはあなたのような方に教えられることなんて何も……何かあるようには思えません」

リンはまた顔を赤くして俯いた。

「ふむ。では二人で一緒に考えてみましょう。これは本日の課題です」

「課題……ですか？」

「ええ、私たち二人で協力して取り組む課題です。あなたは私に何を教えることができるのか。私はあなたから何を学ぶことができるのか。二人で考えてみましょう。森から出るまでの間に解けるといいですね」

そう言ってイリーウィアはにっこりと笑う。

リンは彼女の真意を探ろうとしてみた。なぜ彼女は自分のこと、奴隷階級の境遇のことなんかについて知りたいのだろう。いったい自分から何を聞き出したいのだろうか。

しかし彼女の表情からは純粋な好奇心以外何も見出せなかった。

「自分のことについて知ることは大切ですよ。あなたも自分が他人に対して何を与えられるのか知らなくてはいけません。では、まずあなたの暮らし向きから聞かせていただけませんか。あなたが学院で授業を受ける以外の時間、どこにいて、何をして、どのように過ごしているのか。話してみてください」

またリンの頬のあたりで指輪の光がパチッと弾けるように瞬いた。森の住人たちは隙あらばリンを攻撃しようとしてきた。

30. 続、コネクションの大切さ

リンは自分の塔での暮らしについてイリーウィアに話した。

学院のことはイリーウィアもよく知っているはずなので、主に工場やレンリルの街での暮らし向き、住居であるドブネズミの巣のことについて詳しく話した。

彼女はリンの話にいちいち頷いて興味深げに聞き入り、要所要所で質問を挟んできた。

彼女が熱心に話を聞いてくれるので、リンの方でも話し方に熱が入り自然と饒舌《じょうぜつ》になっていった。

「……と、まあこんな感じですね」

「まあ、それではあなた、毎日お勉強かお仕事ばかりじゃないですか」

「ええ、まあそうなりますね」

「いけませんよ。もっと遊ばないと」

リンは苦笑した。まさかイリーウィアにユヴェンと同じことを言われるとは思っていなかった。

「でも工場も結構楽しいですよ。もちろん仕事なのでノルマはありますが、それも考え方によってはゲームみたいなものですし。一緒に働く友達もいますしね。今こうしてイリーウィアさんと森を散策しているのも授業の一環ではありますが、僕は楽しいですよ」

「それにしたって……。リン、あなたは何かしてみたいことはないのですか？」

「してみたいこと……ですか？」

リンはちょっと考えてみた。自分のしてみたいこととはなんだろう。

「難しい質問ですね。考えたことがなくて」

イリーウィアは少し悲しそうな顔をした。

「けれども、こうしてマグリルヘイムの活動に参加するのは楽しいですよ。未知の冒険に出ているようですし、少しだけ魔導師に近づけたような気がします。何よりイリーウィアさんと話をするのが楽しいですしね」

リンは彼女を元気付けようと慌てて言った。イリーウィアは一応微笑を浮かべてくれた。

「逆にイリーウィアさんは何かしてみたいことはあるんですか？　やっぱりマグリルヘイムに入っているくらいですから、何か魔導師として高い志をお持ちなのではないですか？」

彼女は困ったように笑う。

「実はもう私、マグリルヘイムを抜けようかと思っているんです」

「えっ？　どうしてです？」

「ここの人達はなんというか、ちょっとノルマに関してガツガツしているでしょう？　私はマイペースにするのが好きなのです」

「そうですか。まあ結構速いスピードで森の中を進みますもんね」

「いえ、森の奥に入るくらいは何の問題もないんです。むしろ私の場合、単独で入ったほうが早く深く入れるくらいです。ただ規則が多くてあんまり自由にできないんですよ。熱心に誘われましたし、周囲からも一度は入っておいたほうがいいと勧められたので入りましたが、卒業すればウィンガルド王国の魔導師が多く入っているギルドに所属することが決まっていますしね。これ以上所属していても私には大したメリットがないんです」

「そうですか……」

今度はリンの顔が暗くなる番だった。リンはもっと彼女と一緒に話していろいろなことを学びたかった。彼女がマグリルヘイムを辞めてしまえば、自分との接点は何一つなくなってしまう。彼女と会う機会は永遠に失われてしまうだろう。

「でも、こうしてリンと一緒に歩くのは楽しいですよ」

イリーウィアはそう言ってにっこりと笑った。リンが話し終わると、次はイリーウィアがリンに対して貴族の暮らし向きを教えてくれた。

イリーウィアは話してくれた。宮廷での召使いがいる暮らし、王族の仕事、アルフルドの高級住宅街での生活、師匠による課題、そしてお茶会をはじめとするパーティーなど。

「お茶会はいいですね。僕も行ってみたいです」

「行ってみたいですか？」

イリーウィアが顔を輝かせる。

「ええ。同級生の貴族の女の子がいつもお茶会のことを自慢してくるので、一度どんな風なのか行ってみたいと思っていたんです」

「そうですよね。やはりあなたくらいの年頃ならまだまだ遊びたいですよね」

「いいえ、違います。僕は決して道楽でお茶会に参加したいわけではありません」

「そうなんですか？　では何のためにお茶会に参加するのですか？」

「コネクションのためですよ」

彼の口からその年齢に似つかわしくない単語が出てきたので、イリーウィアは顔をキョトンとさせる。

「コネクション……ですか？」

「ええ、そうです。魔導師として成功を収めるためにコネクションが欲しいのです」

リンは以前ユヴェンからコネクションの話を聞いてから、ずっとそのことについて考えてきた。そして自分なりに考えをまとめていた。

リンはこの機会にイリーウィアに考えを披露してみようと思った。

（イリーウィアさんに話してみよう。僕にも難しい話ができるとわかればきっと驚くに違いない）

彼にはこういうところがあった。つまり綺麗な年上の女性の前で背伸びして見栄を張ろうとするところが。特にイリーウィアはリンの話をなんでも熱心に、しかも肯定的に聞いてくれるため、彼はいつになく気が大きくなっていた。

「どうして？　魔導師になりたいなら魔術を習得するのが先決では？」

「魔導師になるためにもコネクションは大事ですよ。僕の考えをお話ししましょう」

リンは大人ぶった調子でいった。

「ふむ。お願いします」

イリーウィアが調子を合せるように言う。

「人間社会には上下関係があります。奴隷と貴族、部下と上司、政府と国民。そして一般的に言って、より上層に位置する人の方が影響力を発揮することができ、一方で下層に位置する人は自分ではどうにもできないことを解決するために影響力のある人を頼ります。そしてその見返りに上層の人は下層階級の人に賦役《ふえき》や徴税《ちょうぜい》を課します」

「ふむふむ」

「そうして上層部に位置する人はより一層の蓄財を進め、下層の人との格差はさらに広がります。また上層の人は、その財産を利用してより多くの人とつながることができ、多くのモノや情報、さらには新たな仕事やチャンスを取得しやすくなる。このように上層と下層に位置する人の間には訪れる機会やチャンスの数においても差が生まれ、それはどんどん広がってきます。社会や組織、そして国家が大きくなればなるほど、そして人がたくさん集まれば集まるほど、この傾向は顕著になります。それはこのたくさんの魔導師が集まる巨大魔導施設・魔導師の塔においても変わりません」

「なるほど」

「階層化と階級格差は巨大な組織を効率よく運営する上でやむをえないことです。これは他人と協力しなければ大きな力を発揮することができない人間の宿命なのです。しかし僕はそれを悲しいとは思いません」

彼は熱弁した。もはやイリーウィアの反応など御構い無しで、自分の考えをしゃべることに夢中だった。

「確かに上流階級と下層階級には巡ってくるチャンスの数において埋めがたい格差があります。しかし、上層の人といえども全てのチャンスを生かすことはできません。彼らも体は一つしかありませんからね。全てのチャンスに飛びついていては体がいくつあっても足りません」

「その通りですね」

「そこで大切なのがコネクションです。下層に位置する人でも上層の人とコネクションを持っていれば、彼らがまかないきれない仕事を分けてもらう機会を得られます。その仕事の中には上流貴族の人でも気づいていない思わぬチャンスや美味しい儲《もう》け話があるかもしれません。そしてそれをこなすことで、さらに上流階級とのつながりが密接になり、次の機会にもありつける。こうすることで、僕のような身分の低い者でも偉大な仕事をすることが出来るのです」

「なるほど。だからあなたはコネクションが欲しいというわけですね」

「その通りです。僕が貴族とつながりを持ちたいのは決して爵位や恩賞目当てではありません。もちろん、それもあるに越したことはありませんが、僕が本当に欲しいのは立派な魔導師になるためのお仕事です。だから僕も一度貴族のお茶会に参加して、彼らの世界を目の当たりにしてみたいのです。将来、魔導師としてキャリアを立てるのに何か役に立つことがあるかもしれません。ですから……」

「ふふ」

イリーウィアは口元に手を当てて上品にクスクス笑う。

「どうかしましたか？」

「いいえ。リン。あなたは面白いですね」

リンは顔を赤くして俯いた。

イリーウィアの気を引くためにこうして堂々と持論を展開したものの、いざ褒められるとなると、自分が身の丈に合わない大風呂敷を広げているような気がして恥ずかしくなってくる。

彼女は自分のことを世間知らずの子供だと思っただろうか。

「受け売りですよ。友達から聞いた話をそのまま話したまでです」

「あら、そうなんですか？　でも素晴らしい理論だと思いますよ。大変勉強になりました」

イリーウィアは手でパチパチと拍手する。彼女はよくできた生徒を褒める先生のようだった。リンはますます顔を赤くした。どうも彼女と一緒にいると、自分が子供扱いされているように感じてしまう。

（おかしいな。こんなはずじゃないのに）

実際に子供なのでしょうがないのだが、リンは彼女に一人前の男として見てもらいたかった。

（滅多なこと言うんじゃなかったな。貴族のお茶会に参加したいなんて……。どうせ招待されることなんてないのに）

リンは恥ずかしさからうつむいて黙り込んでしまう。イリーウィアはそんなリンの仕草を不思議そうに見ていた。

正午になった頃、リンとイリーウィアは昼食をとった。野営用の簡素な食事だったが、効率よく魔力を蓄えられるよう工夫されている。

「それにしても全然、魔獣に遭遇しませんね」

「そりゃあそうですよ。ブルーエリアでは道なりに進んでも魔獣は出現しませんから」

「そうなんですか？」

「ええ。魔獣に遭遇したいなら茂みに入らなければいけません。ふむ、そうですね」

イリーウィアは口元に手を当てて少し考えるような仕草をした。

「もうあなたも歩き慣れてきた頃でしょう。そろそろ茂みに入ってみますか？」

31. 魔獣との遭遇

茂みの中を歩くのは整備された道の二倍体力を消耗した。

（なるほど。これはしんどいな）

リンは少し息が上がってきた。

「大丈夫ですか？」

イリーウィアが気を遣ってくれる。

「ええ、大丈夫です」

リンは隣に歩いているイリーウィアの方を見ながら言った。

それにしても彼女の歩き方はどうだろう。整備されている道を歩くのと全く変わりなく、疲れている様子なんて微塵もなかった。

それは体力だけの問題ではない。イリーウィアはリンの隣を歩いているにもかかわらず、リンがしているように茂みを手でかき分けたり、木の枝をかわす必要がなかった。

彼女が一歩足を踏み出すたびに茂みは彼女の足の下に潜り込み、クッションのように柔らかくなって彼女の歩みを受け止める。彼女が木の横を通ろうとすれば、木は急に枝をしおれさせ、彼女の前に道を空ける。

(魔法を使っているんだ)

木や草花がイリーウィアの邪魔にならないようにどく動きがあまりにも自然すぎたため、リンは初めのうちは彼女が魔法を使っていることに気づかなかった。そのくらい彼女とその周囲の世界の動きは自然でさりげなかった。

「すごいですね。まるで草や木がイリーウィアさんを避けているように見えます」

「リンもすぐにできるようになりますよ。魔獣学の授業を取れば一番初めに習うことです」

「どうすればそんなことができるんですか？　呪文も唱えていないし、杖も振っていませんよね」

「木や草の精霊と感応するのです。通りたいだけであることを伝えれば、彼らは手伝ってくれますよ」

リンはイリーウィアに言われて初めて木や草にも精霊が宿っていることに気づいた。彼らの存在はあまりにもおぼろげなため、漫然《まんぜん》と歩いているだけでは気づかなかったのだ。リンは木や草の精霊の声を聞こうと試してみた。しかし彼らは心を開いてくれない。指輪のようにはうまくいかなかった。

「難しいですね」

「ふふ。では私が手伝って差し上げましょう」

イリーウィアがリンの肩に手を置く。リンの周辺を彼女の魔力が覆った。リンはイリーウィアと見ている景色、聞こえている音を共有した。

そこはまるで別世界のようだった。何でもない殺風景な森の風景は数多《あまた》の精霊の魂で光り輝いており、遠くから聞こえる虫の鳴き声のように木々のささやきが聞こえてきた。

前方に木の精霊が立ちはだかる。リンは精霊と目を合わせてみた。木の精霊はそれだけで微笑みながら少し体をねじってリンの前に道を開ける。

(すごい！　これがイリーウィアさんの見ている世界なのか)

彼女の魔法は文字通り別次元のものだった。リンは今まで学院で覚えてきた自分の魔法がいかに稚拙なものであるか思い知らされた。

突然リンの指輪が強い輝きを放つ。

「っ、これは……」

「魔獣が近くにいますね」

イリーウィアが静かにつぶやいた。彼女の手が離れる。彼女は力の使い道を索敵《さくてき》に振り分けたようだった。

「あそこ……」

イリーウィアはリンの右側、少し離れたところを指差す。

「あそこの茂みに魔獣が潜んでいます」

彼女がそう言うや否や、茂みの中で何者かがガサゴソと蠢《うごめ》き出した。リンは身構えて茂みの動いている場所に視線を集中させる。

しかし茂みから出てきたのは、手のひらの上に乗りそうなネズミ大の魔獣だった。鋭い牙を生やしているものの耳がピンと尖っており、尻尾がアンテナのように立っている。どちらかというと愛嬌のある見てくれだ。

「あら、珍しい、怯えるネズミ《ペル・ラット》ですわ」

「ペル・ラット？　なんですかそれ？」

「ネズミ型魔獣の一種なんですけれど、人間に危害を加えることはありません。アンテナのようなこのしっぽで危険を察知する魔獣です。しかしおかしいですね。臆病《おくびょう》だから普段は人前に決して姿を見せないはずなんですけれど……」

彼女がそう言い終わるかどうかのところで、ペル・ラットはばたりと倒れた。気絶したようだ。

リンとイリーウィアは恐る恐る近づく。

「けがをしています。しかも深い傷」

「本当だ」

ペル・ラットはお腹の部分に深い咬み傷を負っていた。どうやら何か他の魔獣に襲われたようだ。

イリーウィアが呪文を唱えてペル・ラットの傷の部分を優しく撫でる。すると、みるみるうちに深い傷口は塞がっていった。

(治癒魔法も使えるのか)

リンは彼女の引き出しの多さに舌を巻いた。

「それにしてもおかしいですね。ペル・ラットは危険を察知する能力に長けているはずなんですが……」

イリーウィアはペル・ラットの傷を癒した後、柔らかな茂みの上に彼を寝かせて目覚めるのを待った。

やがてペル・ラットは目を覚ました。彼は目を覚ますや否や「キッ」と短く鳴いて飛び起きリンやイリーウィアから距離をとる。ガタガタと震えながらこちらの様子を伺う。

「怖がらなくてもいいですよ。私達はあなたに何があったのか聞きたいだけなのです」

イリーウィアは優しくペル・ラットに語りかけた。その言葉は魔法語とは違っていた。リンにはおぼろげに意味がつかめたものの、片言でしか理解できなかった。

イリーウィアは怖がってなかなか近寄ってこないペル・ラットに粘り強く声をかけ続けた。声をかけるだけではダメだとわかると、餌を放り投げて与えて彼の警戒心を解こうとした。

「どうぞ。食べてください。お腹が減っているでしょう？」

初めは怯えていたペル・ラットもおずおずとこちらに近づき始め、餌をついばみこちらに敵意がないことを確認すると心を許してくれた。

イリーウィアに促《うなが》されるまま彼女の肩に乗り、彼女の耳元で何事かを囁き始めた。イリーウィアはペル・ラットの言葉に耳を傾ける。

（魔獣とコミュニケーションもとれるのか？）

リンにはペル・ラットが何を言っているのかほとんど分からない。魔法語で拾える彼の言葉はほんの一部だけだった。

「ふむふむ。なるほど。大体の事情は分かりました」

ペル・ラットから一通り話を聞き終えた彼女は、リンにも事情を話し始める。

「彼はどうやらキマイラに攻撃されたようです」

「キマイラ？」

「ライオンの頭にヤギの胴体、蛇《へび》の尻尾を持つ恐ろしい姿の魔獣ですよ」

「それは……怖いですね」

「彼の仲間はまだキマイラの追撃にさらされているのだそうです。彼をかばってキマイラを引きつけたというわけですね。彼は私達に自分の仲間を助けてほしいと訴えています。どうします？」

「いや、どうしますと言われても……」

「どうせならキマイラと戦ってみては？　今回は夏季探索なので、私はあんまり無理しないようにしようと思っていたのですが、あなたにとってはいい経験になるかもしれません。初めて森に入っていきなり戦う相手としては少しヘビーかもしれませんが」

「僕に倒せるんですか？」

「ヴェスペの剣で倒せる魔獣ですよ」

リンは少し迷ったが戦うことに決めた。

「分かりました。やってみます」

「それでこそ男の子です。いいでしょう。私が援護します。」

リンはイリーウィアに男の子扱いされて少しこそばゆい気分になったが、それでもやる気が出てきた。彼女にいいところを見せたいと思った。

二人はペル・ラットの導きに従って森の茂みの奥深くまで入っていった。

リンとイリーウィアは走っていくペル・ラットを追いかけるために小走りになった。リンはイリーウィアの後ろを付いて行っていた。

彼女の前を木々は避けていくため、追走しているリンもスムーズに前へ前へと進むことができる。このフォーメーションを選んだのは素早く移動できるためというのもあるが、戦闘する予定のリンの体力を温存しておくためでもある。

これらはすべてイリーウィアの指示だ。彼女は状況と目的を整理するや否や、瞬時に決断してテキパキと裁量し、指図してきた。

リンは彼女の印象が豹変《ひょうへん》したことにドギマギした。先ほどまではなんだかんだ言って深窓のお姫様らしい、のほほんとした態度だったが、今の彼女から感じられるその機知、身のこなし、態度は経験豊かな狩人そのものだった。

リンは進むにつれて風が強くなっていくのを感じた。また地面に転がっている石がだんだん大きくなっているのにも気づいた。

「この先は滝がありますね」

「そうか。それで風が強くなっているんですね」

「そういうことです。……シッ。静かにしてください。開けた場所に出ます。速度を落としましょう。走るのをやめて気配を消してください」

イリーウィアが静かに、しかし厳しい口調でリンに言った。

リンはイリーウィアの言う通り走るのをやめて歩き始めた。イリーウィアがリンの肩に触れてくる。彼女に触れられるだけでリンは自分の存在が希薄になったような気がした。これも彼女か、あるいは彼女を守る精霊の力のようだ。いつの間にかペル・ラットも彼女の肩に乗っている。

二人と一匹は茂みの陰に隠れて開けた場所を覗いてみた。そこは岩場の切り立った崖になっていて向こう側に滝が見える。

そこで彼らが目にしたのは、まさしく一匹のペル・ラットがおぞましい姿の化物、キマイラによって断崖絶壁に追い詰められているところだった。

32. キマイラとの戦い

切り立った崖の端っこで、ペル・ラットが精一杯自分を食べようとしている魔獣を威嚇《いかく》している。

しかしその身の震えから、キマイラにはペル・ラットになすすべがないことはお見通しだった。

そもそも魔獣としての強さが違いすぎる。戦えば十中八九キマイラが勝つ。ペルラットは逃げる以外に生き残る方法はない。しかし彼は追い詰められていた。これ以上後ろに下がれば断崖絶壁から真っ逆さま。逃げても戦ってもどちらにせよ命はない。

リンは茂みからキマイラの様子を見ていたが、そのおぞましい姿に寒気が走った。ライオンの頭にヤギの胴体、蛇の尻尾を持っているが、その姿はあまりにも歪だった。ライオンには戦って勝ったことがあるが、果たしてこんな化け物相手に自分の魔法が通用するのだろうか？　今やリンの指輪は強い輝きを放って危険を警告していた。持ち主に対して逃げろと言っているのだ。

「リン」

キマイラに身をすくめているリンにイリーウィアが声をかける。リンはハッとした。そうだ。自分にはこの人が付いているんだ。王族に伝わる精霊を使役し魔獣の森について知り尽くしているこの人が。

「先ほど精霊に、この辺り一帯に他の魔獣がいないかどうか調べさせました。どうやらこの近くにキマイラ以外の魔獣はいないようです。ラッキーでしたね」

ニッコリ微笑むイリーウィアに対してリンもどうにか笑い返す。

「あのキマイラは自分の獲物を追い詰めた気でいるようですが、私たちからすれば彼の方が獲物です。彼にも逃げ場がありません。確実に仕留めるチャンスですよ」

「どうすればキマイラを倒せますか」

「ヴェスペの剣でキマイラの頭を貫くのです。それで倒せますよ。ここからでも十分狙えます。気付かれないうちに倒してしまいましょう」

「分かりました」

リンは茂みから音を立てないように体を出してキマイラの方を向く。まだキマイラはリンの存在に気づいていない。ペル・ラットと間合いを計ってジリジリと詰めている。リンは指輪に意識を集中させた。

指輪の輝きが増し、光が剣を形作っていく。リンが光の剣を放とうとしたその時、キマイラの尻尾の蛇がリンの方を向く。

「シャアアアアア！」

低く呻《うめ》くような蛇の鳴き声がリンを威嚇した。

「っ！」

指輪から光の剣が放たれる。

しかし、それはヴェスペの剣ではなく、ライジスの剣だった。

剣はキマイラの脇をかすめ、虚しく空を切り滝の中に消えていった。

（外した！　しかもライジスの剣！）

「グルアアアアア！」

キマイラのライオンの頭もリンの方を向く。ライオンも今しがた追い詰めつつある獲物より大きくて美味しそうな獲物が現れたことに気づいたのだ。今やキマイラの敵意はリンの方に集中していた。キマイラが自分の身を守り、かつ空腹を満たすためには、この自分を狩ろうとした新たな獲物を食い殺すのが一番だった。

「ひっ！」

リンが短く悲鳴を上げる。

キマイラが身を翻《ひるがえ》してリンに迫ってくる。その動作はヤギの胴体に似合わず、思いの外俊敏だった。

リンの全身は極度の緊張で硬直し、心は動揺しきっていた。頭が思考停止に陥らないようにするだけで精一杯になる。

「大丈夫ですよ」

リンの肩にそっとイリーウィアの手がかけられる。リンはハッとした。彼女はいつの間にかリンの傍に寄り添うようにして立っていた。

「私がそばにいる限り、あなたの身に危険はありません。体の力を抜いてリラックスしてください」

イリーウィアがリンの耳元で囁きかける。それだけでリンは心が落ち着き、体から緊張が抜けていった。

「闇雲に剣を放つだけでは当たりません。敵のどこを狙うかもっとはっきり意識するんです。指輪の光を相手に向けるといいでしょう。集中して」

イリーウィアの声は、この差し迫った状況にもかかわらず微塵の焦りも動揺も感じられない。リンはイリーウィアの触れた部分から体の強張《こわば》りが抜けていくのを感じた。

(不思議だ。イリーウィアさんがそばにいるって分かるだけで心が落ち着いてくる)

指輪が強い輝きを放つ。光の線はキマイラの頭部に照準を合わせる。

(つくづくユヴェンとは真逆だな)

リンはそんなことを心の端で考えた。

キマイラが突進してくる。牙をむいてリン達に躍りかかる。

リンの指輪が強い輝きを発した。指輪から放たれたヴェスペの剣は今度こそキマイラの額に突き刺さり、頭部から胴体にかけて真っ二つに切断した。

真っ二つに千切れたキマイラの死体が転がっている。キマイラは両断された後もしばらく苦しみにのたうちまわっていたが、やがて出血多量から事切れたように動かなくなった。

イリーウィアの肩に乗っていたペル・ラットが「キィ」と短く鳴くと、飛び降りて駆け出す。崖の端っこで震えていたペルラットの方も自分の同胞がいることに気づいて駆け寄る。二匹のネズミ型魔獣は互いの鼻を突き合わせてお互いを確認した後抱き合い、再会を喜び合った。

リンはヘナヘナとその場に座り込む。

「大丈夫ですか？」

イリーウィアが背中を支えてくれる。

「はい。なんか力が抜けちゃって」

「頑張りましたものね。あとは私がやりますので、そこで休んでいて大丈夫ですよ」

イリーウィアは優しく微笑むと、リンから離れて横たわっているキマイラの死体に向かった。

彼女はカバンの中から粘土の人形を取り出すと、呪文を唱えて小人を作った。小人にはキマイラの死体を解体するように命じる。小人は包丁と布を使って手馴れた様子でキマイラを解体していく。アイテムになる部分は傷つけたり血で汚れたりしないよう、布で巻いた上で慎重に切り取っていった。

リンは魔力の著しい消耗、張り詰めすぎて疲れきった神経、ピンチを切り抜けたことによる脱力感でしばらくはしゃがみ込んでいた。その間は、ずっとぼんやりしながら彼女の作業を見ているだけだった。


リンの体に活力が戻ってきたのは、イリーウィアが解体したキマイラの死体からアイテムを抜き取ってリンに手渡した時だった。リンはそれらの戦果を見てようやく勝利の実感が湧いてくる。

キマイラから獲得したのはライオンの牙とたてがみ、蛇の頭部と毒牙、ヤギの体毛と蹄《ひづめ》などである。

彼女によると、これらのアイテムはいずれも魔術の薬や魔法の衣服の材料として使え、塔の市場で売ればそれなりの値段になるとのことだった。

リンとイリーウィアは戦果を山分けした。

「いいんですか？　半分ももらっちゃって」

リンは自分の力で勝ったようには思えなかった。ほとんどはイリーウィアの力添えのおかげだ。

「いいんですよ。これはあなた自身の力で手に入れたものです。なかなか見事な太刀筋でしたよ」

リンとイリーウィアは今日の狩りを終えて、キャンプ地へと向かっていた。

先ほどまでと違い、彼らの後ろには小人がアイテムを入れた袋を抱えながらついてくる。リンは小人をまじまじと見た。顔はのっぺらぼうのようで表情がない。身長百センチにも満たない。無口でただ淡々と作業をしているという印象だった。

イリーウィアによると、彼らは一体につき一つの特技しか持ち合わせていないのだという。この小人は魔獣を解体することとアイテムを持ち運ぶことしかできない。

「小人は技能に融通が利かない上に歩く速度が遅いので、使用をあまり好まない人もいます。私は力持ちで可愛らしいので重宝しているのですが」

確かに手に入れたアイテムを持ち運びながら森を歩くのは、少しばかり骨の折れる作業だった。そういう意味で小人は歩くスピードが遅いものの、抱えきれない荷物を運んでくれて便利だった。ただ、リンには彼女の可愛らしいという言葉に引っかかるものがあった。リンからすればのっぺらぼうで淡々と魔獣の死体を解体する小人は不気味だった。

「持ち運びできるアイテムの数は限られているので、不要なアイテムは捨てて先に進むのですが、まあ今日はここまででいいでしょう。初めての狩りでキマイラなら上々だと思いますよ。今からキャンプ地に向かえばちょうど集合時間になるでしょう」

「イリーウィアさんはいいんですか？　なんだか僕のことばかりじゃないですか」

「私はもうブルーエリアの魔獣に一通り遭遇しましたから、今回はリンが森のことについて勉強するということでいいと思いますよ」

リンとイリーウィアには小人の他にもう二匹従者が付いていた。キマイラから逃れた二匹のペル・ラットである。

二匹はすっかりリンとイリーウィアに懐いてしまった。

今は一匹ずつそれぞれの肩に乗っている。傷を負って治癒された方はイリーウィアに、キマイラによって崖に追い詰められていた方はリンにそれぞれ懐いていた。

「珍しいですね。ペル・ラットは人を怖がる生き物なのですが」

「どうしましょう」

「いいんじゃないですか。このまま連れて行っちゃって。魔獣をペットにしている魔導師は結構いますよ。私はせっかくなので飼ってみようと思います。リンもその子を飼ってみてはいかがですか？」

「はあ。じゃあ飼ってみます」

「ふふ。お揃いですね」

「……」

リンとしては問題なかったが、この二匹は離れ離れになっていいのだろうか？　二人は身分が異なり、本来異なる世界の住民である。

しかし、二人が一緒にいられる時間が極めて限られていることなんて、ネズミ達には理解の範疇外だった。彼らは二人を仲のいい姉弟か何かと思っているのかもしれない。

(イリーウィアさんはどう考えてるのかな?)

リンは彼女の表情を眺めてみたが、彼女はいつも通りニコニコと余裕のある笑みを浮かべているだけだった。

しばらく歩いていると、リンとイリーウィアの目にうっすらと立ち昇る煙が見えてきた。

キャンプ地で起こしている焚《た》き火の煙だ。やがて近づくにつれて地面に立てられた旗やのぼり、テントやかまどまで見えてくる。

人の声が聞こえてくる距離まで近づくと、ペル・ラット達はリンとイリーウィアの衣服に潜り込んで隠れた。

33. 二日目の組み合わせ

キャンプ地にはテントやロッジがいくつも立ち並び、焚き火がたかれ、そこかしこで野営の準備がされている。

建物はいかにもとりあえずの寝床という感じで即席の魔法によって建てられたもののようだった。

夜間の魔獣の侵入を防ぐために、キャンプ地の周辺に結界を張り巡らせている者たちもいる。

キャンプ地についたリンとイリーウィアは、それぞれマグリルヘイムの宿営地と協会出張支部へと向かった。

「私は協会の方に報告に行きます。ブルーエリアにキマイラが出現していた事を伝えなければいけません。大したことではありませんが、一応異常事態なので念のためにね。あなたは小人と一緒にマグリルヘイムの宿営地へ行って戦果を報告していただけますか？」

「分かりました」

マグリルヘイムの宿営地には、すでにその日の狩りを終えたメンバー達が数多く集まっていた。それぞれ小人を使っている人もいれば、自分で持ち物用の袋を背負ったり杖の先にひっさげて魔法の力を使って持ち上げている人もいる。

リンは受付らしきところに行って尋ねてみた。

「あの、戦果を報告に来たんですけれど」

「はい。では、こちらの名簿に拾ったアイテムと名前を記入してくださいね。アイテムはこちらに預けることができます。預かりましょうか？」

「はい。お願いします」

リンはアイテムを受付に預けた。

「では帰る際には忘れずにこちらの受付に寄ってくださいね。あと次の集合時間は十八時となっています。遅れないように気をつけてください」

リンは受付で戦果報告を終えたあと、手持ち無沙汰《ぶさた》になった。特にやることもないのでブラブラと歩き回る。周りではマグリルヘイムのメンバー達が、今日の森での出来事について楽しげに語らいあっている。

歩いていると、なんともなしに人々の雑談が聞こえてくる。

「今回はブルーエリアにキマイラが頻出《ひんしゅつ》しているらしいな」

「ああ、俺も遭遇した」

「どうしたんだろうな。何か奥地で異変があって魔獣の大移動でもあったのか？」

一応、周りにいるのはマグリルヘイムのメンバー達だが、いずれもリンの知らない人達だ。ティドロとヘイスールすらいない。リンは疎外感を感じた。

（イリーウィアさん早く戻ってこないかな）

「あら？　リンじゃない」

リンは突然声をかけられる。声の方を向くとシーラ達がいた。

「シーラさん」

「よぉ。何か収穫はあったか？」

いつも通りアグルが親しげに話しかけてくる。

「ええ。いろいろ勉強になることがありました。イリーウィアさんとペアを組んでいたんです」

「あら。そうなんだ。彼女、優しいでしょ？」

「ええ。本当に」

「みんな」

シーラとリンの間で話が盛り上がりそうになるのにエリオスが割って入った。

「どうせならあっちで火を囲みながら話さないか？　いろいろ食料も配っているようだ」

「それもそうね。リン、あなたは大丈夫？」

「ええ、もちろん」

「じゃ、行くか」


リンはイリーウィアの力の一端《いったん》を垣間見れたこと、キマイラを倒したことなど話した。

「すげーなお前。キマイラを倒したのか！」

「いえ、そんな。イリーウィアさんのおかげですよ」

「まあ、でもキマイラはヴェスペの剣で倒せるって報告書があったね。確か」エリオスが言った。

「私達もキマイラに遭遇したわ。もうびっくりしたのなんの」

「確かブルーエリアには出ないはずだろ。一体どうなってんだろうな？」

「何か魔獣の大移動でもあったのかもしれないね」

だいたいリンが先ほど立ち聞きした内容と同じことが話される。しかしリンは初めて聞いたことであるかのような顔をした。

「イリーウィアさんも不思議がっていました。協会に報告に行くって言っていましたよ」

「そうか。じゃあ僕達も後で報告に行かなきゃね」

「あ〜あ、でもあのキマイラ取り逃がしちゃったのは惜しかったなぁ〜。アイテムを売ればいい値になったのに。アグルさえちゃんとポジションを取っていればなぁ」

「いやいや。シーラ、お前もタイミング外しただろ？」

「はぁ？　あれは元はと言えばあんたがねぇ……」

リンはいつもの三人と会話できてなんだかほっとした。そして、自分が緊張していたのに気づいた。今日は初めての経験ばかりで心にまだ緊張が残っていたようだ。

エリオス達と会うのも随分久しぶりのように感じる。

リンの安堵に呼応するように、ペル・ラットがローブの隙間から顔を出す。

「あら？　それってペル・ラットじゃないの。どうしたの？」

「先ほど話したようにキマイラを倒して助けたら、なんか懐かれちゃって」

「可愛いわね」

シーラが手を伸ばして触れようとすると、ペル・ラットはリンのローブの中に引っ込んでしまった。

「しかし凄いね。ペル・ラットはレアな上、滅多に人に懐かないのに」

エリオスが感心したように言う。リンはエリオスに褒められて嬉しかった。

「やっぱリンは何か持ってるんだろうな」アグルがしたり顔で言った。

「ふん。どうせ私は何も持ってませんよ」シーラがいじけたように言う。

リンは苦笑した。いつもの人たちに囲まれて気が緩む。そして、気が緩んだまま過ごしてしまい、マグリルヘイムの集合の時間をすっかり忘れてしまったのであった。

「……すみません」

リンの前にはしかめっ面のヘイスールがいた。

「マグリルヘイムの団員たるもの時間厳守は基本ですよ」

「はい」

「ヘイスールさん。どうかリンを責めないであげてください」

リンの隣にいるイリーウィアが割って入る。

「リンにとっては初めての魔獣狩り。キャンプ地について気が緩んでしまったのでしょう。どうか寛大な処置をお願いします」

ヘイスールはため息をついた。

「イリーウィア。私はあなたのことも責めているんですよ。」

「あらっ？　そうなのですか？」

イリーウィアはさも意外そうな顔で驚いてみせる。

「『あらっ？　そうなのですか？』って、あなたはリンのパートナーでしょう。リンの失態はあなたにも責任というものがですね……。あー、もういいです。今回は初めてということで許しますけれどね。次からは罰則がありますよ」

イリーウィアに一向に悪気がなさそうなのを見て、ヘイスールは諦めたように説教を打ち切り、宿舎に戻っていった。

「すみません。イリーウィアさん。ご迷惑をおかけして」

「いえいえ、いいんですよ」

イリーウィアがいつも通りにっこりと笑う。彼女は全然気にしていないようだった。


「ティドロ。全員集まりましたよ。これで寝床の割り振りができます」

「ヘイスール。リンのことどう思う?」

「はい?　というと?」

「リンの今日の戦果についてだ」

ティドロは受付で預けられたアイテムの帳簿を見ている。

「キマイラに遭遇しただけだ」

リンの項目を指差しながら言った。

「それは仕方ありませんよ。まだ彼は初めての探索なんです。それに初等部なんですから」

「しかしヴェスペの剣を出せるんだろう?　イリーウィアも付いているんだし」

「彼女もなんというか……マイペースな人ですからね。期日までにノルマを達成できればいいと思っているんですよ」

ヘイスールがそう言ったが、ティドロは憮然とした表情のままだった。

ヘイスールは少しため息をついた。誰にでも高い要求をするティドロの悪い癖だった。

「今回は彼に興味を持ってもらい意欲を刺激することが目的です。彼にあまり多くを望みすぎてはいけませんよ」

「そうか。まあそういうことにしておこう。僕なら可能な限り奥深くまで行こうとするけれどね。魔獣と遭遇して経験値を積めるまたとない機会なんだから」

そう言って、ティドロは憮然とした表情のまま自分の寝床まで歩いて行った。


翌日、マグリルヘイムに集合がかかる。

「では本日もくじでペアを決めたいと思いまーす。皆さんどんどん引いていってください」

「リン。君はくじを引かなくてもいい」

くじを引こうとするリンにティドロが声をかけて止めた。

「君の今日のパートナーはもう既に決まっている。僕だ」

リンはティドロを改めて見上げてみる。やはり背が高かった。

なんとなく威圧感を感じる。

「ティドロさんと一緒に森を探索するんですか？」

「ああ、そうだ。君には出来るだけいい経験を積ませたいと思っているからね」

（リン、君の才能が果たしてどれほどのものか、そしてマグリルヘイムの一員に値するかどうか、この目で見極めさせてもらうよ）

34. イエローゾーン

魔獣の森二日目。

各ギルドが出発の準備や支度を始め、早いところは朝食を食べ終わるや否や続々キャンプ地を出て森に入り始めた。

リンはティドロの後ろについてキャンプ地を出た。ティドロはイリーウィアと違ってリンの歩幅に合わせてくれなかった。リンは自分より体格の大きいティドロについていくため、早足にならざるをえなかった。

ティドロはキャンプ地を出るとすぐに茂みの中に入り込む。リンも慌ててティドロの後を追った。

ティドロは森の中をスイスイと進んで行く。イリーウィア同様、森の木々に道を開けさせることができるようだ。ただ彼の場合、木々が好意的にティドロに道を開けるというよりも、怯えから避けているようだった。

ティドロの威圧的な魔力に木々は限界まで身をしならせて道を開けた。リンは木がこんなにも身をしならせることができるのかと驚いた。木々はまるで人間が腰をひねったり背中を反らせるようにその身をしならせて見せる。

森一帯に不穏な空気が伝染する。リンも少しティドロのことが怖くなってきた。

「リン。大丈夫かい？」

リンが森を進むのにモタモタしていると、ティドロが声をかけてくる。

「ええ、大丈夫です」

そう言いつつも、リンは息を切らしていた。

ティドロのペースに参っていたのだ。

「まだ魔獣魔法の授業を受けていないんだろう？　僕のすぐ後ろからついて来ればいい。そうすればば速く進むことができる」

「あ、そうか」

確かに森の木々はティドロを避けているのだから、後ろについていけばリンもスムーズに進める。

リンにもその考えが浮かばないわけではなかったが、何となくティドロの後ろについていくのは憚《はばか》られたのだ。

しかし、こうして言われたからには断るわけにもいかなかった。

「さあ、先を急ぐよ」

「はい」

（随分急ぐんだな）

リンには次のキャンプ地までの距離を考えれば、そこまで急ぐ必要はないように思えた。

しかし、ティドロに対して口答えするのはやはり憚られた。二人は早足に茂みの奥へと進んでいく。

ずしりと重たげな音を鳴らして、キマイラはその巨体を横たえた。

倒したのはティドロだ。

リンとティドロはキマイラに遭遇していた。

遡ること十分ほど前、森を歩いていると、二人の指輪が光り持ち主に危険が迫っていることを警告する。

リンはティドロに相談しようとしたが、それより先にティドロは走り出した。彼はキマイラの位置を瞬時に補足する。

キマイラは人間の匂いから近くに獲物がいることを認識して、キョロキョロと周りを見回していたが、ティドロはキマイラがこちらを認識する前に魔法を放った。

キマイラは自分でも気づかないうちに絶命してしまう。

(す、すごい!)

リンにはティドロがどうやってキマイラを倒したのかすら分からなかった。

リンはティドロがキマイラの死体からアイテムを回収すると思い足を止めたが、ティドロは横たわる死体には目もくれず歩き出してしまう。

リンは慌ててティドロの後を追った。

「ティドロさん。いいんですか? アイテムを回収しなくて」

「ああ、キマイラからアイテムを回収しても仕方がないしね」

「……そうなんですか？」

「そうだよ。君もマグリルヘイムの一員になりたいならキマイラを倒したくらいで満足していてはダメだ。もっと珍しいアイテムを手に入れなくちゃね」

「……」

リンにとってキマイラは初めて倒した魔獣であっただけに少し落ち込んだ。

（イリーウィアさんは上出来だって言ってくれたんだけれどな……。ティドロさんは違う考えなのか）

しかし落ち込んでばかりはいられない。新しいことを学ばねばならない。

ティドロはわざわざリンのために経験を積ませてくれているのだ。その厚意を無下《むげ》にしてはいけない。リンはその一心でティドロの後について行った。

しかしリンはティドロの行動を不審に思った。リンが出発前に見た地図の記憶が正しければ、先ほどからどんどん次に行く予定のキャンプ地から遠ざかっているような気がする。たまらずリンは聞いてみた。

「あの、ティドロさん。僕たちはどこに向かっているんですか？」

「イエローゾーンだ」

「えっ？」

「ブルーゾーンには、もう既に希少価値のある魔獣やアイテムは存在しないことがわかっている。けれどもイエローゾーンにはまだ未開拓の洞窟がある。謎の多い魔獣が数多くいる。十七時には第二キャンプ地にたどり着かなきゃいけないから、大して奥深くまで行けないけれど、もしかしたら何か珍しいアイテムを手に入れることができるかもしれない」

「でも僕達はブルーゾーンの探索以外は禁止されているんじゃ……」

「構うことはないさ。時間までにキャンプ地にたどり着けばバレやしない。協会の管理なんてそんなもんさ」

リンは少し困惑した。そんな風にルールを破っていいのだろうか。しかしティドロに対してあからさまに反論するのは憚られたし、一人で離脱するのはさらに危険だった。リンはティドロに黙って付いて行くほかなかった。


リンとティドロはブルーゾーンとイエローゾーンの境に来ていた。密林でつながっているブルーゾーンとイエローゾーンだが、ここからがイエローゾーンだという区切りは一目見てすぐに分かる。木々の色彩が青色主体から黄色主体にはっきりと変わっているからだ。ブルーゾーンとイエローゾーンの境目には青と黄色の木々が入り混じって生息している。一見色鮮やかな情景だが、ここから先はさらに危険度が高くなるという明確なサインでもある。

それはティドロのより引き締まった表情からも読み取れた。さすがのティドロも緊張しているようだ。額にはうっすら汗がにじみ出ている。リンの衣服に潜り込んでいるペル・ラットも怯えてから震えている。

「リン。これからイエローゾーンに入る」

「はい」

「そこで入る前にもう一度注意事項を確認する。よく聞いて頭に入れておいてくれ」

「……はい」

「ここから先はいくら僕といえども、君をフォローしながら今までの速さで移動するのは危険だ。ヴェスペの剣でも倒せない魔獣もいる。だから周囲を警戒しながらゆっくり歩く。君もなるべく僕から離れないようにしてほしい。イエローゾーンは地図の現在地表示も当てにならなくなる。だから、確実に迷わないようにするには一定距離ごとにマーキングしながら進まなくてはいけない。本来は一人が周囲を警戒してもう一人がマーキングをするのが基本なんだけれど、今日は僕が全てやる。とにかく君は僕から離れないようにすることに専念してくれ。もしはぐれた場合、発煙筒をためらわずに使うように。発煙筒は持っているよね？　魔獣に遭遇して戦闘になったら僕の後ろに隠れつつも杖一本分の距離を保つんだ。それから……」

ティドロはさらにいくつかリンに心得を授けた。リンはガチガチに緊張してしまっていた。

ティドロもリンの強張った顔を見て、さすがに優しい笑顔を浮かべる。

「大丈夫だよ。僕は何度もイエローゾーンに入っている。レッドゾーンに行ったこともある。よほどの事がない限り危険なことはない。僕のことを、何より自分のことをもっと信じてあげて。君は経験を積むためにここにいるんだ。危険を回避するために注意ごとは守らなければいけないけれど、意欲は捨てないで、なるべく多くのことを学んでくれ」

「はい」

リンは初めてティドロに優しく声をかけられたことにホッとした。

リンからすれば魔獣よりも先ほどまでのティドロの方が怖かった。

35. 秩序と才能

リンの不安をよそにイエローゾーンの探索は淡々と進んでいった。

五十メートル程進むごとに、ティドロは木や石に魔法文字を刻んでマークする。指輪の光が強くなれば周囲を警戒し、索敵して魔獣が出てくればティドロがそれを倒す。

リンはティドロの言いつけを守りつつ、ただただティドロから何かを学ぼうと彼のことを観察し続けた。

(やっぱり凄い人だな)

ティドロの足取り、姿勢、周囲への警戒、戦闘、手際の良さ。リンにはどれを取っても素晴らしいものに見えた。

(こうして後ろから見ているだけでも参考になる)

リンはティドロの足取りや姿勢だけでも学ぼうと見よう見まねをしてみた。

「リン、何か要望とか不満とかはないかい?」

突然聞かれてリンは首をひねった。

「いいえ。特にありません」

またティドロが遭遇したグリズリン（クマ型の魔獣）を倒す。ティドロはグリズリンの爪、しかも最も硬い部分だけ回収してその場を後にする。

ティドロは先ほどからこのような感じで、倒したモンスターの一部のみアイテム化して回収している。

「小人を使わないんですか？　小人を使えばもっとアイテムをたくさん回収できるでしょう？」

「小人はいい。どうしても移動速度が遅くなってしまうからね。それよりも魔獣との遭遇率を高めたいんだ」

時間が正午になったので、リンとティドロは昼食をとった。

ティドロが周囲に結界を張ってくれる。結界の中に入れば魔獣に襲われてもまず危険なことはない。


「君を見ていると、自分が初等部だった頃を思い出すよ」

おもむろにティドロが話し始めた。

「昔は僕も君のように、学院の授業を聞いてただ課題をこなすことしか考えていなかった」

リンは首を傾げた。

「それではダメなんですか？」

「ダメだ」

ティドロは強い口調ではっきりと言った。

「学院の教員達、彼らが本当に望んでいるのは生徒の成長ではなく秩序だ。そのためなら個人の才能を潰すことだって平気でやるんだよ。僕も以前は先生の言うことにただ従っていればいいというふうに考えていた。けれども、ある日ルールを無視している奴に先を越されたんだ。ドリアスっていうやつを知っているかい？」

「……いえ、知りませんね」

「そうか。それなら知っておいたほうがいい。僕と同期のやつで、彼は問題児だけどまちがいなく天才だ。今はワケあって活動を停止しているけれど、復帰すれば塔中の話題をさらうことは間違いない」

「はあ」

「魔獣の森の探索を始めた頃、僕とドリアスはブルーゾーンとイエローゾーンの境目まで来た。そこで『コモドラン』と言うモンスターがいるのが見えたんだ。レアな魔獣だ。出現するのは十年に一度かどうかって言われている。大して強くはないけれど、魔導に使える珍しい宝石をたくさんお腹のポケットに蓄えているんだ。コモドランを倒せばレアアイテムをたくさん手に入れられることは間違いなかった。けれどもコモドランはイエローゾーンに入ってすぐそこの場所にいた。僕たちはイエローゾーンに入るのは禁じられていた。無論、僕は躊躇ったよ。危険だし、何よりルールを破ることに抵抗があったからね。

でも奴は……、ドリアスは何の躊躇《ちゅうちょ》もなくイエローゾーンに足を踏み入れたんだ。

僕は彼を制止しようとしたよ。ルールを破るのは良くないって。危ないことはするべきじゃないって。けれども、ドリアスはそう言う僕をせせら笑って森の中に入っていったんだ」

ティドロはその時の会話を思い出す。


「やめろドリアス。ルール違反だ。危ないよ」

「大丈夫さ。俺の力ならイエローゾーンでも問題ない」

「でも、先生に怒られるよ」

「アハハハハ。それはもっと大したことない問題だよ」


「悪い人ですね。そのドリアスって人は」

「いいや。あいつは正しかったんだ。その証拠に、あいつはほんの少しの罰と引き換えに強大な力を手に入れた。僕はそのことが未だに悔しくて悔しくてたまらないんだ」

ティドロは本当に悔しそうな表情を浮かべた。リンはなんと言葉をかければいいか分からず、少し迷ってから喋った。

「今度はティドロさんがそのドリアスって人を出し抜けるといいですね」

ティドロは苦笑する。

「そうだね。そうできれば、どんなにいいだろうね」

リンとティドロは昼食を終えた後、張り巡らせた結界をたたんで元来た道を戻っていった。

リンもこの頃には幾分か緊張も失せていた。ティドロと昼食を一緒にしてなんとなく打ち解けたような気がしたのだ。ティドロの方でも人懐っこいリンに好感を抱き始めていた。

「リン、すまないね。僕の都合ばかり優先させてしまって。君のことをもう少し考えるべきだったかもしれない」

「いえ、そんな」

「帰りは君の要望をなんでも言っていいよ。僕の方はもうノルマを達成したから。例えば、何か興味のある魔獣がいるとか、獲得したいアイテムがあるとか。そういう希望があれば遠慮なく言ってくれ」

ティドロはリンのリアクションに期待した。ここまでで、リンに大した力が無いことは見抜いていたが、せめて何らかの気概《きがい》を見せて欲しかった。

「お気遣いありがとうございます。でも僕はティドロさんの仕事振りを見ているだけで十分ですよ。それだけですごく勉強になります」

「……そうか」

ティドロは難しい顔をした。

「リン。こんなことを言うのもなんだが、君をマグリルへイムに誘ったの迷惑じゃなかったかな」

「迷惑？　そんな……とんでもない。嬉しかったし、とてもいい経験を積ませてもらっています」

「そうか。それならいいんだが……。あんまり君が魔獣や森のアイテムに興味がなさそうだから、例えば何か今は他に取り組むことがあって忙しいんじゃないかと思ってね。何かマグリルへイム以外の活動には参加しているのかい？」

「そういうのはないですね」

「そうか」

ティドロは考え込むような表情になった。

(何かまずいこと言っちゃったかな)

ティドロはあくまで穏やかに言っていたが、リンにも彼が何か自分に対して不満を感じていることは汲み取れた。

「すみません。勉強不足で」

「いや、責めてるわけじゃないんだ。ただ、せっかくの機会なのにもったいないと思ってね。例えば休日とか空いた時間にマグリルヘイムの活動や魔獣の森について調べようとか、そういうことは思いつかなかったのかい？」

「えっと……」

ここ最近はユヴェンに追い回されていたせいで、それどころではなかった。

しかし、そんなことを言えば印象が悪くなるだけに違いなかった。

リンは別の言い訳を言うことにした。

「ちょっとそれどころではなかったんです。僕は工場で働いていたので」

「働いていた？　学費なら奨学金制度があるだろう？」

「学費は奨学金でまかなえますが、生活費を自分で稼がなくてはいけなくて。その……僕には親からの仕送りとかもありませんし」

リンは顔を赤くして俯きながら言った。

「……そうか。それなら……仕方がないね」

ティドロはリンから顔をそらせて茂みの奥の方を見た。リンもティドロの視線の先に目を走らせたがそこには何もなかった。ただ顔を見せたくないだけのようだった。

リンとティドロは帰り道、何事もなくブルーゾーンに戻り、二日目のキャンプ地にたどり着いた。ティドロはマグリルヘイムの事務があるということで、また集合時刻だけ伝えてリンに時間を潰しているように言った。

リンはイリーウィアがいないか探してみたが見つからず、またエリオス達と会ったため彼らと談笑した。今度はこまめに時間をチェックして遅れないようにした。

36．ティドロとイリーウィアの選択

リンは森探索の残り五日間も同様にマグリルヘイムのメンバーとペアを組んで行動した。とはいえ、ティドロ以外のメンバーはリンとイエローゾーンには行きたがらなかった。

「う〜ん。君と一緒にイエローゾーンに行くのはちょっと不安だな。すまないが、ブルーゾーンの

みの探索でいいかい?」

「ええ、僕は問題ないですよ」

リンは年上の魔導師達の言いつけを素直に守り、時に機知にとんだ会話をして彼らを楽しませた。時にはソリの合わない人とペアを組んだが、大体の人とは打ち解けることができた。おかげで最終日にはマグリルヘイムの中でそこそこ顔が知れるようになり、彼らの輪に交われるようになっていた。

合宿期間が半分を過ぎた頃には、時間を潰すためにエリオス達の方へと行く必要は無くなっていた。

リンが一日ごとにペアを替えて思ったのは、マグリルヘイムの中でもティドロとイリーウィアは別格だということだった。

移動や索敵の手際の良さ、魔獣に関する知識、魔力の強さ。どれを取っても二人に敵うものはいないように思われた。

(この二人と知り合いになれただけでも収穫だったな)

リンは二人とすれ違う機会があるたびに挨拶し、些細《ささい》な世間話をした。二人ともリンに対して、にこやかに対応してくれた。特にイリーウィアはリンとの交流を楽しんでいるようだった。

(今回の経験は中級クラスで受ける魔獣魔法の単位を取るのに役立つはずだ。今後もマグリルヘイムの活動に参加して、メンバーの人達からたくさんのことを学ぼう)

リンはただただ今回の合宿の成果に満足した。彼が考えるのは学院での単位のことだけだった。

合宿最終日、マグリルヘイムのメンバーは狩りの収穫を祝すのと、今後の躍進を誓ってちょっとしたお祭りを開いた。リンはその中で今回仲良くなった年上のメンバーに可愛がられていた。

ティドロとヘイスールは、そんなお祭りの様子を遠くから眺めながら話していた。

「どうだい。収穫の方は」

「上々です。夏の探索のうちにこれだけ収穫できれば、今年のマグリルヘイムの活動資金を補填《ほてん》するのに十分でしょう」

「そうか」

そう言いつつもティドロの顔は浮かないものだった。視線はずっとお祭り騒ぎの方を、リンの方を向いている。

二人は合宿の間、リンのことをずっと観察してきた。

「リンの方はどうですか？　使い物になりそうですか？」

ヘイスールはティドロがリンのことについて話したいのかと思って話題を振った。

ティドロは黙って目をそらした。

彼が言いにくい事を言おうとしているときの癖だった。

仕方無くヘイスールは一人で話し続ける。

「彼は人懐っこい子ですね。まだ参加して数日しか経っていないっていうのに。彼は概《おおむ》ね好評ですよ。打ち解けたと言っていいでしょうね」

ヘイスールが半ば感心し、半ば呆れたように言う。

「ヘイスール」

「はい。何ですか」

「リンはいいやつだよ」

「そうですね」

「だがそれだけだ。彼に魔導師の才能はない」

「では……」

「彼はマグリルヘイムの団員にふさわしくないようだ。もう次からは呼ばなくていいよ」

「……分かりました」

（リン、君が指輪魔法の授業でヴェスペの剣を出したのを見たとき、僕は君に才能があると思った。君が奴隷階級出身だと知ってますます感心したよ。ハンデがあるにもかかわらず、きっと凄く頑張ってるんだろうなって。けれどもそれは僕の見込み違いだったようだ。君はただ他の子より少し早熟なだけだ。才能は資質じゃない。才能のほとんどは努力と行動力からなるんだ。君はそれが分かっていない。はっきり言って今の君では問題外だ。君は受け身すぎるんだよ）

ティドロはリンの方を少しの間、名残惜しそうに見つめた後、視線を外した。その時には彼はキャンプの後、数ヶ月後に開かれる魔導競技のことに思いを巡らせており、リンのことは頭から離れていた。


合宿最終日、イリーウィアは仲のいいメンバーと談笑しながら、ことあるごとにリンのいる方を見ていた。リンはメンバーと楽しげに交流している。イリーウィアもここ数日間リンのことを観察していた。

（ふむ。やはり面白い子ですね）

例年マグリルヘイムの合宿最終日では、まだ魔獣の行動が本格的でないというのに皆ノルマや評価を気にしてギスギスしている光景があるところだった。ところが今回はリンを中心として和気藹々とした空気が流れている。

「イリーウィアさん。何を見ているんですか？」

「先ほどから、あちらでお祭り騒ぎをしている一団の方をチラチラ見ていますね。気になる男性でもいるのですか？」

イリーウィアの談笑仲間が彼女のいつにない様子に色めき立つ。

「リンの方を見ていたのです」

「ああ、新人の子ですか。彼が呼ばれるのは今回で最後らしいですね」

「えっ？　そうなのですか？」イリーウィアが驚いたような声を上げる。

「ええ、ティドロさんはもう決めているらしいですよ」

「まあ指輪魔法が得意なだけではね」

「感じのいい子ですけれど、まあ仕方がないですよね」

それきりイリーウィアのテーブルではリンの話は終わり、別の話題へと移っていった。

イリーウィアは憂鬱になる。

（残念ですわ。あの子と森を散策するのは楽しかったのに）

イリーウィアはリンのことが気に入っていた。彼の恥ずかしがる仕草、一人前とみなされていために見せる背伸びした発言、随所に見せる気の利いた気配り。きっと弟がいればこんな感じだろうと思わせた。何より彼と一緒にいるのは楽しかった。

それゆえに、リンが次からマグリルヘイムに参加しないという知らせは彼女を落胆させた。

（確かにリンには平凡な才能しかないかもしれません。けれどもそれは他のメンバーの方々も変わらないでしょう？）

実際にイリーウィアからすれば、リンと他のメンバーの何が違うのか分からなかった。以前から気乗りしないマグリルヘイムの活動だったが、リンが来ないとなればますます気乗りしなかった。

（せっかくお楽しみができたと思ったのに……。どうしましょう。もう本当に退団しようかしら？）

イリーウィアは憂鬱そうにため息をついた。

（あっ、そうだわ）

イリーウィアに名案がひらめいた。

（彼はお茶会に参加したがっていましたね。リンを私の主催する王室のお茶会に招待してあげましょう。そうすればまた彼と遊べるわ）

WIZARD OF THE TOWER

番外編

冒険前夜

～リンの選択～

ここはミルン領のケアレ。

土地はなだらかに伸びる山と、ずっと向こうの方から流れてくる川によってぐるりと囲まれている。

平地を目一杯に使って耕された小麦畑が大地を黄色に染めて、領主の屋敷のそばにある庭には狭い果樹園がある。

これがケアレの全てだった。

のどかだが何もないこの場所でリンは育った。

自分がいつどこから来たのかもよくわからない。

彼に分かるのは、どうも自分には両親がいないということだけだった。

それでも彼は寂しくはなかった。

同じ農奴の人達は彼の境遇を憐れんで同情してくれたし、寝床は馬小屋で一緒くたに詰め込まれて、同じ屋根の下で眠る家族のようなものだった。

このような場所だから、人々は自然とおおらかでのんびりとした性格に育った。

リンは朝起きてから夕方までクタクタになるまで働いた。

日が沈んで山の色が緑からオレンジに変わっていくのを見つめることだけが、彼にとって唯一の娯楽だった。

川には一つだけ粗末な橋がかけられている。

リン達農奴は、この橋の向こう側に行くことを禁じられている。

だからリンにとってこの橋は、外の世界へとつながる唯一の接点だった。

橋はいつも誰にも使われることなく、ただそこにあるだけだったが、時折この橋を渡って外の人がケアレに訪れた。

リンは農作業の合間、時たま訪れるわずかな空白の時間にはいつもこの橋を眺めていた。

今日は誰かやってくるだろうか、明日こそは誰かがやってくるだろうか、と思いを馳せて。

この日もリンは休憩の時間中、川に架かった橋を見続けていた。

リンが橋を見続けていると、隣に小さな女の子がちょこんと座りこむ。

「アーシャ。どうしたの？　お針の仕事は？」

「今日はもう終わりだって。リンは何してるの？」

「橋の向こうを見てるんだ」

「隣に座っていい？」

彼女は恥ずかしそうに言った。

「うん。いいよ」

アーシャはこの集落では一番小さな女の子だった。

彼女は少しだけ年上のリンに懐いており、リンも村で一番歳の近い彼女のことを可愛がっていた。

二人はしばらくの間、橋の向こう側の景色をのんびり見つめ続けた。

ほとんどの日は誰も通らない橋だったが、今日は違った。

鉄砲を担いだ男が橋を渡ってくる。

猟師のゼンは、時たま川を渡ってやってくる外の世界の人間の一人だった。

リンはゼンが川を渡ってやってくるのを見かけるや否や駆け出した。

人懐っこい笑顔を振り撒きながら駆け寄って行く。

「ゼン。ゼン。おかえり。競りはどうだった？」

「おおリンか。上々だよ鷺《さぎ》がいい値で売れた」

ゼンは駆け寄って来るリンに対して、白い髭の下にある唇に微笑みを浮かべて愛想よく笑った。

彼は自分に懐いているこの少年のことを気に入っていた。

「ゼン。領主様に会うまでまだ時間があるんだろう？　また外の話を聞かせておくれ」

「いいだろう。丘の上に来なさい」

ふと、リンは自分のズボンが誰かに引っ張られるのを感じた。

アーシャがリンの後ろに引っ付いていた。

「ごめんよ。アーシャ。ゼンの話を聞かなくちゃいけないんだ。少しだけ待っていて」

「うん」

アーシャはリンに言われると大人しく従った。

しかし、彼女は内心この怪しげな余所者の男が好きではなかった。

ゼンを見ると不安になった。

ゼンはいつも何かと理由をつけてリンを外の世界に誘い出そうとする。

いつか彼は本当にリンをここから連れて行ってしまう。

そんな気がするのだ。

丘についたリンは、いつも通り彼から色々な話を聞いた。

リンは彼の元で外の世界のことを色々と学んでいた。

人がたくさんいる都会のこと。

あふれんばかりの商品が軒先に並んでいる市場のこと。

そして魔導師のこと。

「彼らは世界中のどんな場所にでも行けて、魔法の力で何でもできる。どんな重いものでも浮かせることができるし、魔獣を飼いならしたり、火や水を自在に操ったりすることもできる。百階近くの建物を建てることもできるのだ」

「どうすれば魔導師になれるの？」

「魔導師を養成する場所があるらしい。なんでも天高く聳《そび》え立つ塔の中、学院があるのだ」

「学院って何？」

「一つの場所に集まってみんなで学ぶところだよ。同年代の子達が沢山いるのだ」

「へえ～」

リンは目を輝かせた。

彼はこの他にも色々なことを教えてくれた。

獣を狩る方法、文字や言葉、さらには女性を口説く方法から商談のやり方まで。

「リン。お前は愛想が良くて顔立ちも整っているからな。きっと街に出ればご婦人方を寄せ付けられるぞ。どうだ。ワシと一緒に街に出てみんか？」

ゼンはちょっといかがわしい感じの笑顔を浮かべた。

リンは曖昧に笑った。

ゼンは毎回彼にこの話題を振ってくるが、自分の一存だけで決めることはできない。

彼が外の世界に行くには領主の許可が必要だった。

「おっと、お迎えが来たようだな」

ゼンは屋敷の方角から人が来るのを見て立ち上がった。

来たのは屋敷の執事、エルカンドだった。

彼は厳しい顔つきでこちらに近づいてくる。

「ゼン。領主様が呼んでいるぞ」

「ほいほい。今行くよ」

ゼンは億劫《おっくう》そうに立ち上がった。

「ではまたな。リン」

「うん」

ゼンはリンに向かってまた愛想良く笑った。

執事の男はリンに対してジロリと睨んで一瞥《いちべつ》しただけで、声もかけず行ってしまう。

「困りますよ。奴隷の子供にやたらめったら余計な知識を吹き込んでは」

エルカンドは、リンに声が聞こえないところまで来ると迷惑そうに言った。

「彼は彼のする仕事だけ覚えていればいいのです。余計なことを覚えて何かよからぬ企みでも覚えればどうするんですか？」

「お前さんも心配性だな。リンはいい子だよ。よからぬ事なんてしたりはせん」

「無責任なことを言って。奴が外の世界に変な憧れを持って、脱走でもしたらどうするつもりですか」

エルカンドはカリカリした調子で言った。

彼は去年の収穫量が減ったことと、農奴の管理を任されている立場から神経質になりがちだった。

「なあに。知識を得ようが得まいが、行動する奴は行動するし、しない奴はいつまでたっても同じ場所から動こうとはせんよ。おや？　見慣れない奴らがいるな」

ゼンは領主の屋敷に見慣れない者達が立ち寄っているのを見て眉を顰《ひそ》めた。

しかも彼らは武装していた。

「隣の国の兵士達ですよ」

「そんな奴らがこんなところに一体何の用向きで？」

「食料を提供して欲しいということです。戦争があるとかなんとかで。全く、ただでさえ収穫が減って大変だというのに」

「ふむ。難儀なことだな」

ゼンは眉を顰《しか》めた。

（しばらくの間ここに寄っていたが、潮時かもしれんな。リンに会えなくなるのは残念だが）

リンはゼンと別れてからやる事もないのでブラブラしていた。

するとアーシャがやって来た。

「リーン！」

彼女は駆け寄って来たかと思うと、リンの足にしがみついた。

「アーシャ。どうしたの？」

「怖いよ怖いよ、兵隊さんが橋を渡ってここまで来たの！」

「兵隊さん？」

そんなことを言っていると、噂をすればなんとやら。

兵隊達が領主の屋敷に続く曲がりくねった道の方から歩いて来た。

彼らは大量の物資を運べそうな荷車をひいて、舎屋の方に向かっていた。

しばらくここに居座るようだった。

アーシャがギュッとリンの足にしがみつく。

「大丈夫だよ。兵隊さん達は僕らを守ってくれるはず。怖がる必要なんてないんだ」

翌日、兵隊達は沢山の穀物を荷車に積んでケアレを立ち去っていった。

兵隊達が去って行った後、すぐに戦争が始まった。

戦火はケアレにまで及び敵国の兵隊達が押し寄せてきた。

戦闘能力の無い住民達は山の中に避難してことなきを得た。

領主達を始め屋敷の連中はというと、さらに一足早く危機を聞きつけて避難していた。貴重な家財道具を運び出して逃げ込む。

敵国の兵隊達は畑から作物を刈り取り、家屋に侵入し、しばらくの間荒らしまわった。

彼らがケアレを荒らしている間、自国の兵隊が約束通り助けに来ることはなかった。

ケアレは守備範囲から見捨てられたようだった。

敵国の兵隊達はあらかた荒らし終わると、持っていけるだけの作物と貴重品を持ち出した後、火をつけた。

集落は三日三晩にわたって燃え続け、ケアレののどかな景色は焼け野原に変わった。

彼らは橋も破壊して行った。

ケアレは外界からも隔絶され、冬の時期が訪れた。

人々は山の中のわずかな食料でしのがなければならなかった。

初めは皆、意気消沈しながらも、なんだかんだ言って助け合う雰囲気が強かった。

しかし、現実がよりはっきりしてくると徐々にギスギスしてきて、おおらかな雰囲気は無くなっていった。

皆生きるのに必死になり、食糧の盗み合いが頻発して疑心暗鬼になった。

リンの元に届く食糧は日に日に減って行き、彼は体力を消耗し、さらに折り悪く村を襲った流行病にかかってしまう。

リンも御多分に洩《も》れず寝込んでしまう。

さすがにみんな普段の啀《いが》み合いを忘れて病人の看病に励み、リンのことも心配して自分に病気が移らない範囲で看病してくれた。

リンは三日三晩、高熱にうなされ生死の境を彷徨《さまよ》った。

ぼんやりした頭で今日は誰々が死んだ、明日は誰々が死ぬという人々のささやき声を聞く。

リンが寝込んで一週間ほど経った頃、彼の食糧事情はやや好転した。

流行病のせいで人が減って彼の元に届く食糧が多くなったのだ。

皮肉にも彼は自分を苦しめる病のおかげで助かった。

回復したリンはすぐさま農作業に駆り出される。

「遅れを取り戻さなければなりません。あなたにも人一倍働いてもらいますよ」

執事は一層カリカリした様子でリンにそういった。

作業しているうちに、リンは以前いた人物がいなくなっていることに気づいた。

「あのエルカンドさん。アーシャは？」

「死にましたよ」

エルカンドは冷淡に言った。

「……そうですか」

リンは自分の予想が的中してしまい落胆する。

ふと寂しさが彼の中に訪れる。

思わず川の向こう、以前橋が架けられていた場所を見てしまう。外の世界を。

「そんな風に外の世界を見ても無駄ですよ。ゼンはもうここには来ないそうです」

「えっ⁉　そうなんですか」

「ええ、橋は壊れてしまったし、ここに来ても商売にならないと踏んだのでしょうね。あの薄情者め。ほら、もう無駄話はいいでしょう。さっさと働きなさい」

執事はリンを追い立ててしまう。

リンは農作業をしながら隙をみては、遠く向こう、遥か彼方にある地を眺めた。

以前は少しだけつながりがあった世界、今はもう自分とは関係がなくなってしまった世界。

そこに広がっている多くの街や人々、魔法の学院。

それを見ぬまま、自分はこのままここで朽《く》ち果ててしまうのだろうか？

（ゼンについて行けばよかったかな）

しかし夢見がちな彼は、川の向こうに思いを馳せることをやめたりはしなかった。

彼には予感があった。

きっと誰かが自分を迎えにくるという予感が。

黒いローブを着た魔導師・ユインが渡れないはずの川を渡り、馬車に乗ってケアレを訪れるのはそれから数ヶ月後のことである。

あとがき

『塔の魔導師』は小説投稿サイト『小説家になろう』に掲載された作品です。

ネット小説からアニメ化する作品に憧れて書き始めました。

文章力には自信がありましたし、自分なりにこうすれば面白くなるという考えがあったので、きっとすぐに人気が出るだろうとタカを括って始めてみましたが、実際はそう上手くいくはずもなく、あえなく底辺作家の仲間入りをしてしまいました。

読者の反応がないまま作品を書き続けるのは予想以上に辛いことでしたが、人気のない頃から面白いと言ってくれる人がいたり、熱心に応援してくださる読者様がいたおかげでどうにかめげずに書き続けることができました。

そしてある時、『小説家になろう』のランキングに掲載される機会が訪れ、ＴＯブックス様より書籍化のお話をいただくことになりました。

この度、書籍化に至ることができたのはひとえにたくさんの人々の助けがあったためです。

応援していただいた多くの方々にこの場を借りてお礼申し上げます。

本作では、本格ファンタジーの体裁を整えつつも、ＲＰＧのようにアイテムや魔法を手に入れて強くなっていくシステム、たくさんのヒロインやキャラクターが賑やかに出てくる学園もの、お金と才能、身分にまつわる様々なエピソードを盛り込むといったことに挑戦してみました。

実際のところ、うまくいった部分もあれば、うまくいかなかった部分もあるように思います。

斬新な作品を書こうとして欲張りすぎたかもしれません。

このようにたどたどしい所が多々ある作品ですが、読者の皆様にあたっては『塔の魔導師』を末長く楽しんでいただけると幸いです。

頭の痛い報告書、続々到着!?
頭を抱える保護者三人組
大暴走!!
待ってて、シュヴァルツとヴァイス！

念願の
図書館へ
本好きの
下剋上
司書になるためには
手段を選んでいられません
第四部 貴族院の
自称図書委員Ⅱ
香月美夜
miya kazuki
2018年
3月10日
発売予定!
図書館、図書館、幸せの場所、るるるる、らららん
詳しくは「本好きの下剋上」公式HPへ!
http://www.tobooks.jp/booklove

対し、
を
布告する！
豪華声優陣がドラマCDに集結！
2018年
3月10日
ドラマCD
同時発売！
おかしな
転生
IX
戦いはフルーツに
合わせて
キャスト
ペイストリー　村瀬　歩
カセロール　土田　大
リコリス　本渡　楓
ジョゼフィーネ　大久保瑠美
ビターテイスト　石川界人
アニエス　生天目仁美
ウランタ　山下大輝
セルジャン　古川　慎
公式HPにて予約受付中！
http://www.tobooks.jp/sweets

激突、十三傑
聖国に宣戦
コミカライズ
おかしな転生
～最強パティシエ異世界降臨～
漫画：飯田せりこ
原作：古流望
キャラクター原案：珠梨やすゆき
脚本：富沢みどり
ニコニコ静画にて連載中！
著
古流 望
NOZOMU KORYU
イラスト
珠梨やすゆき
YASUYUKI SYURI

御武運を祈っておりまする。
小夜、留守を頼むぞ。
弐
三英傑に嫌われた不運な男、朽木基綱の逆襲
朽木基綱《くつきもとつな》
揺れる時
あふみのうみ　みなもがゆれるとき

塔の魔導師～底辺魔導師から始める資本論～

2018年3月1日　第1刷発行

著　者　瀬戸夏樹

発行者　本田武市

発行所　TOブックス
〒150-0045
東京都渋谷区神泉町18-8　松濤ハイツ2F
TEL 03-6452-5766(編集)
0120-933-772(営業フリーダイヤル)
FAX 03-6452-5680
ホームページ　http://www.tobooks.jp
メール　info@tobooks.jp

印刷・製本　中央精版印刷株式会社

ISBN978-4-86472-667-2